光文社文庫

傑作歴史小説

本懐

武士の覚悟

上田秀人

光

目次

まえがき 7
子想腹　大石内蔵助良雄 13
応報腹　織田信長 75
持替腹　狩野融川 131
夢想腹　堀長門守直虎 185
漸く腹　西郷隆盛 237
不切腹　今川義元 291
単行本あとがき 340
文庫版あとがき 344
解説　佐高信 348

本懐

まえがき

切腹の起源は定かではない。古代中国を発祥とする説もあるが、明確に証明する資料は未詳である。

どうして自害に切腹が取り入れられたのかは、読者諸氏もおわかりのとおり、腹を割って見せて黒くないことを証明し、無罪だと主張するためである。

しかし、中国で切腹は拡がらなかった。

首の後ろに太刀を添え自分で手前に引く自刎、毒を杯に入れて呷るなど、中国の英雄と呼ばれる人物の末期でも、切腹はまずでない。

理由はわからないが、切腹は古代中国の人々に受け入れられなかったのだろう。

では、日本ではどうなのだろう。海外の辞書にHARAKIRIとしてのせられているほど、切腹と日本人はかかわりが深い。

第二次世界大戦という大きな転換を経験した後でも、三島由紀夫氏の切腹、その弟子の追い腹など、遠い昔の話だとは言えない。

さて、日本における切腹の歴史は、永延二年（九八八）六月十五日、大盗袴垂こと藤原右京亮保輔に始まるとされている。手下に密告され、逃げられぬと悟った袴垂が腹を割き、踏みこんで来た捕吏へ臓腑をまき散らしたのが記録に残っている最古のものだ。

もっともこれは、五位という公家でありながら、検非違使を射殺そうとしたり、京の公家屋敷へ押し入ったりと極悪非道のおこないを重ねてきて、捕まれば死罪は免れないと考えた末の行為であり、後年の責任を取るとか、名誉のために命を絶つとかといった矜持に基づくものではない。

武士が切腹をすることで家や名前を守ろうとしだしたのは、武士の時代、鎌倉幕府ができて以降になる。

それでも入水や、刀を口に含んだ状態でわざと落馬するなどの自刃も途絶えたわけではなく、武士といえば切腹となったのは、戦国末期から江戸時代にかけてである。

切腹が一般的になった戦国時代は、敵の首を獲って手柄とする殺伐とした時代でもあった。

なぜ、首を獲ったのか。それは確実に殺したことの証明であり、死んだのが誰だという動かぬ証拠として首ほどはっきりとさせられるものはないからだ。

当然、首を獲られれば、負けたということになる。それでは己の築きあげてきた武名に傷が付く。それを防ぐために、自ら切腹し、介錯させて首を切られる。

首を討たれると首を切られる。この二つには大きな差があった。

籠城戦で援軍もなく、食料は尽き、兵の士気は奮わない。こうなれば、落城は時間の問題である。ならば、兵たちの助命嘆願という名分をもって、切腹をする。

対して、いつまでも降伏をせず抵抗を続けると、一緒に死ぬのは嫌だと配下の兵たちに裏切られて殺されるときもある。

見事な最期と褒め称えられるか、兵にも裏切られた情けない武将として嘲笑されるか。

どちらも死ぬには変わりないのだが、後々の評判に大きな差が出た。

この辺りから首を討たれるは恥、切腹は名誉となっていったように思える。泰平になってからも切腹の価値は続いた。いや、より重くなった。武家にとって名前と家こそ、守らなければならないものとなったからだ。

そして、名誉を守るには切腹こそ最良の手段とされた。謀叛(むほん)などを除いて、切腹すればそこで罪は終わり、遺(のこ)された者には波及しないという武家の情けが、慣例となった。家が残れば禄は与えられ、遺された子孫や家族は生きていける。

こうして江戸時代、切腹は武士の名誉ある刑罰として続いた。

その切腹にもいくつか種類があった。

一つはごく普通の切腹、罪を認めて腹を切るというものだ。

次が追い腹、いわゆる殉死である。主君の死に供をするとして切腹するので、それをした者の遺族は優遇されることが多かった。ために子孫の繁栄を願って、さほど主君とは縁がなかったにもかかわらず、追い腹を切る者もおり、これは勘定腹、算段腹として嫌われた。

三つ目が詰め腹である。なにか責任を取らなければいけなくなったときに、生贄(いけにえ)となる人物に無理矢理腹を切らせ、そこで追及を止めようとするものだ。

これは現代でもよく使われる。もちろん、今は本当に腹を切らないが、大きな汚職や失策のときに下級官僚や下っ端社員が辞職させられるのは珍しくないどころか、なかには自殺する人も出る。痛ましい限りだ。

四つ目が諫言腹。主君や上司などの行動を命がけで諫めるためにおこなわれる。若き織田信長の奇矯を悩んだ傅役平手政秀が有名である。

最後が無念腹あるいは恨み腹と呼ばれ、無実の罪で腹を切らざるを得なくなったときや、抗議や恨みの意味合いとして腹を切る場合をいう。この場合、切腹の手順を通常とは逆、右から左へ回し、続いて下から上へと腹を切り、最後は吾が手で臓腑を摑んで引きずり出す。どれほどの痛みかは想像を絶するが、そこまでできるほどの恨みをもたれていると相手も思い知ったはずだ。

ちなみに、江戸も中頃になると、切腹の恐怖や痛みに耐えかねて失神したり、見苦しく暴れる者が多くなり、ついに刀の代わりに扇子を使うようになった。扇子を腹に当てたところで、介錯人が首を落とす。こうして苦しむ時間を短くしたのである。

大雑把な話になってしまったが、あまり具体的に血なまぐさい話を続けるのもどうかと思うので、このくらいで終わりにしようと思う。

詳細をお知りになりたいかたは、光文社知恵の森文庫から出ている山本博文氏の『切腹　日本人の責任の取り方』などを紐解かれたい。

子想腹　大石内蔵助良雄

肥後熊本細川家下屋敷の表門は大きく開かれていた。

「ご上使さま、ご到着でございまする」

玄関で五代将軍綱吉からの使者を出迎えた藩士が大声をあげた。

「来たようでござるな」

「はい。そのようでござる」

大石内蔵助良雄の呟きに、吉田忠左衛門兼亮が応じた。

「昼餉を摂って、そろそろ一刻（約二時間）ほどになりましょうかの」

「さきほど八つ（午後二時ごろ）の鐘が聞こえたように思いまする」

吉田忠左衛門が時刻を確認した内蔵助に答えた。

「午前中は慶事、午後からは凶事が慣例でござったなあ。どうやら本日が命日と決まりました」

小さく内蔵助がため息を吐いた。

「……」

無言で吉田忠左衛門が内蔵助を見た。

「ご上使さまよりお申し渡しがございまする。皆様方、御殿大広間までお出(い)でなされや」

細川家で赤穂(あこう)浪士十七人の世話役肝煎(きもい)りを命じられている堀内伝右衛門(ほりうちでんえもん)が呼びに来た。

「ご一同、参りましょうぞ」

今日、上使が来ることはあらかじめ報されている。すでに一同は細川家が用意してくれた麻裃(あさがみしも)を身につけていた。

「……お目付(めつけ)荒木十左衛門(あらきじゅうざえもん)さま、将軍家ご上使としてご出座なさいまする。一同、控えなされ」

「ははっ」

細川家の家老の声に合わせて、内蔵助以下十七人が平伏した。

「浅野内匠頭(あさのたくみのかみ)儀、勅使御馳走の御用仰せつけられ……」

奉書紙(ほうしょがみ)に認(したた)められた上意を荒木十左衛門が朗読し始めた。

「……飛び道具などを持参、上野介討ち候始末、公儀を怖れざる段、重々不届きに候。之に依って切腹申し付るもの成り」

読み終えた荒木十左衛門が、手にしていた書付を裏返した。

これは読みあげた内容と書かれていることが一致しているとの確認をさせるためのものであるが、上段の間最奥に立つ将軍上使と下段の間襖際で控える内蔵助たちとはかなり離れており、書付の文字を読めるほど近くない。

「………」

なにより将軍家の上意下達の場なのだ。もと陪臣の浪人、しかも罪人として大名家へ預けられている内蔵助たちが顔をあげられるはずもなく、単なる儀式でしかなかった。

「いかなるお仕置きに仰せつけられるや計りがたくと存じておりましたところ、すべよく切腹仰せつけられました段、かたじけなく存じ奉りまする」

打ち首になっても文句は言えない。それだけのことをしたのに切腹を許された。

十七人を代表して内蔵助が礼を述べた。

「ははあ」

十六人の旧赤穂浅野家の家臣も揃って受けた。

「うむ。見事なる態度である」

荒木十左衛門が、死を告げられても動揺しない赤穂浪士たちの姿に感心した。

「さて、これで上使の役目は終えた。次は検使だが、それにはいささかの用意があろう」

ちらと荒木十左衛門が細川藩の家老を見た。

「はい。恥ずかしきことながら、このような儀式に不慣れでございまして。かなりの手間がかかるかと思われまする。お目付さまにおかれましては、なにとぞご了承をくださいますよう、伏してお願い申しあげまする」

嬉々(きき)として家老が述べた。

「そうよな。上様のお気持ちがお変わりになられたとき、ことは終わっておりましたでは、臣下として情けない。また、粗相(そそう)があってもならぬ。ときはかまわぬ。しっかりと抜かりなきようにいたせ」

吾が意を得たりと荒木十左衛門がうなずいた。

「では、ここからは一人の武士(もののふ)としてお話をいたそうか」

旗本と浪人という区切りをこえた口調で荒木十左衛門が上段の間を降り、内蔵助の目の前まで来た。

「一別以来だの、大石」

「はっ。あの節は、大変お世話になりましてございまする」

内蔵助が一度あげた顔を下げ、手を突いた。

二年前、荒木十左衛門は、浅野家断絶に伴う収城使として赤穂まで出向いてきた。幕府の収城使は将軍の名代でもある。その対応は筆頭家老である内蔵助の仕事であった。

「殊勝である」

断絶に伴う収城はなかなかすんなりいかない。主家が潰れることで藩士は皆浪人となり、生活の術を失う。すべてを奪われた人というのは、理性では納得していても感情が収まらない。いや、納得さえできなくなる。

「一戦して、幕府に思い知らせてやる」

完全に破滅を前提とした者や、

「我らの武を見せつけることで、幕府の温情を引きだそう」

改易ではなく減禄、あるいは転封に罪を減じてもらおうと考える勘定高い者などが出てきて、籠城や抵抗をするのが普通であった。

そんななか、赤穂浅野家は一部浮ついた者も内蔵助がよく藩をまとめあげ、幕府に引き渡す武器、弾薬などをていねいに整理、記帳しただけでなく、城の隅々まで清掃を行き届かせ、大手門を大きく開けたうえに、打ち水までして荒木十左衛門ら収城使一行を出迎えたのだ。

「見事なり」

荒木十左衛門は内蔵助の手腕を高く買い、その後もなにかにつけて浅野家復興運動の手助けをしてくれていた。

「よくしてのけたの」

まず荒木十左衛門が討ち入りを褒めた。

「世間を騒がせましたこと、深く反省しておりまする」

内蔵助はまず詫びた。

「いやいや、大門を閉じたうえでの討ち入りは、屋敷なかのことですむ。世間にはなんの影響も及ぼしておらぬ」

明文化はされていないが、これは慣習であった。大名、旗本の屋敷は、大門が閉じられている限り、なかでなにがあろうとも手出しをしないことになっていた。

それこそ、表御殿が炎を上げて燃えていようとも、外からは水一杯かけてはいけない。

「さて、大石。これは役目柄ではないが、一同の参考となるように話そう。本日、上様は吉良左兵衛に対し、この度の仕儀不届きと思し召され、領地召しあげのうえ、諏訪安芸守へお預けの旨、仰せつけられた」

「……おおっ」

「吉良が潰れた」

「そのざまを見るがいい」

内蔵助の後ろにいた浪士十六人が快哉を叫んだ。

「これ」

幕府目付の前である。内蔵助はたしなめた。

「……申しわけございませぬ」

「ご無礼をいたしましてございまする」

あわてて浪士たちが詫びた。

「よい、よい。今の吾は幕府目付ではない。荒木という一人の武士じゃ。本懐を遂げた者が歓喜の声をあげるは当然である」

荒木十左衛門が手を振った。

「かたじけのうございまする」

吉良家の処分を報せてくれたことを含めた厚意に内蔵助は感謝した。

幕府使者からの上意を受け取った浪士一同は、一度居所として与えられている広間へと戻された。

「どうぞ、お召しあがりを」

多くの細川藩士たちが膳を掲げて入ってきた。

「昼餉をいただいて二刻（約四時間）も経っておらぬが……」

「最後の食事とあれば別でござるな」

「しかし、腹一杯はよろしからずと聞きました。切腹したときに、臓腑から食いものが溢れるのは心得のないまねとか」

しゃべりながら、浪士たちが出された食事に箸を付けた。

「大石どの」

世話役肝煎り堀内伝右衛門が、内蔵助へ近づいてきた。

「なんでござろう」

内蔵助が箸を置いた。

「こちらになにかお書きいただけませぬか」

記念の揮毫が欲しいと堀内伝右衛門が白扇を取り出した。

「わたくしごときでよろしければ、喜んで」

「こちらをお使いくだされ」

うなずいた内蔵助に、堀内伝右衛門が筆と硯を差し出した。

「はて、なにを書けばよいのやら……」

筆を手にした内蔵助が悩みながら、周囲に目を走らせた。

「……」

あちこちで同じ風景が見られた。細川藩士が懇意にしている浪士に、墨跡をねだっていた。

「……これでよろしゅうござるかの」

詩のような一文を記した内蔵助が堀内伝右衛門に白扇を返した。

「ありがたし。代々の家宝といたしまする」

堀内伝右衛門が感動した。

「大石どの、最後のお話を伺ってもよろしゅうござるか」

懐から紙を綴じたものを出した堀内伝右衛門が筆を手にした。

「あまりときはございますまいが、どうぞ。その前に、煙草と茶をお願いできましょうか」

内蔵助が嗜好品を要求した。

細川家は当初から赤穂浪士を賓客同様に遇してくれていた。さすがに、座敷に煙草や茶、酒などを常備はしてくれなかったが、食後には決まっただけの量を差し入れてくれていた。それが今回出ていない。

「これは失礼を。皆様の処遇が決まったことで坊主どもが動揺し、忘れたようでござる」

煙草と酒などを手配する御殿坊主たちが、浪士たちの切腹を知って慌てたようだと、堀内伝右衛門が詫びた。

「ただちに」

堀内伝右衛門の手配で、すぐに嗜好品が持ちこまれた。

「失礼して一服させていただこう」

内蔵助は煙管に手を伸ばした。

「酒は……」

「呑み過ぎて、切腹をする手が震えては困りますゆえ、酒は止めておきまする」

大好きな酒を内蔵助は断った。

「天晴れなお覚悟でございまする」

堀内伝右衛門が、感激した。

「……では、お話をさせていただきましょうか」

煙草を吸い終わった内蔵助が姿勢を正した。

「堀内どの。これからお話しすることは、死に行く者の言葉でござる。黙って抱えて死ぬべきかと思いましたが、ここまでお世話いただだいた貴殿にまで偽りの姿を続けるのは、あまりに無礼」

「……な、なにを」

浪士十七人が細川家下屋敷に来てからずっと、討ち入り一件の話を聞き書きしてきた堀内伝右衛門が、雰囲気を変えた内蔵助に戸惑った。

「赤穂はよいところでございました」

堀内伝右衛門の様子を気にせず、内蔵助が話を始めた。

赤穂浅野家は豊臣秀吉の正室ねねの妹婿であった浅野長政を祖に持つ安芸広島城主浅野家の分家になる。

「風光明媚、温暖な気候、瀬戸内に面し、海の幸も豊富で……」

思い出すように内蔵助が言った。

「その海を利用した製塩が赤穂の名物でござっての」

「赤穂の塩は存じておりまする。江戸でも評判の塩でございまする」

堀内伝右衛門が、同意した。

「塩は藩の専売でござった」

「さぞや裕福でござったのでしょうな」

戦国が終わり領地を増やせなくなった元禄(げんろく)の世で、副収入があるのは大きい。

堀内伝右衛門がうらやんだ。

「それが、まったくの逆でござってな。表高(おもてだか)の倍に近い実高(じつだか)と塩の専売、五万石ていどの小藩なれば、使い切れぬほどの収入となって当然。それが毎年の大赤字でござった」

大きく内蔵助は嘆息した。

「なぜでございましょう」

筆を止めて堀内伝右衛門が、問うた。

「歴代の殿が無駄遣いをしたからでござる」

内蔵助が敬意を捨てた。

「無駄遣い……」

「さよう。なかでも酷かったのは、赤穂浅野家の初代長直公でござる。赤穂池田家の断絶に伴う収城使から、そのまま藩主となった長直公は、池田家が使っていた赤穂城では小さすぎると、新規築城を幕府へ願い出ました」

「新規築城など認められますまい」

堀内伝右衛門が、驚いた。

幕府は謀叛を防ぎ、大名の力を落とすため、一国一城令を発した。これは特別な場合を除いて、一国に城は一つとし、城の修理、改築にも厳しい制限をかけるもので、新規の築城などまず認められなかった。

「それが、願い出た当日にお許しが出ました」

「なんと……」

一層、堀内伝右衛門が目を剝いた。

「浅野家は外様でございますな」

当たり前のことをもう一度堀内伝右衛門が確認した。

「はい。外様、それも分家でございまする。ですが、長直公は、駿府城代、大坂城代加番を務めておりまする」

「お役を外様大名が……」

もう堀内伝右衛門は、絶句するしかなかった。

「長直公のご生母さまの実家松平家が、神君家康公の妹君を娶られているというのが、理由であったのかもしれませぬな。幕初には外様大名がお役に就くこともあったようでござるし」

内蔵助が理由を推測した。

筑後柳川藩主立花家の初代宗茂が、二代将軍秀忠の書院番頭を任じられていたように、関ケ原から大坂の陣までの間は、外様大名と譜代大名の区別はそれほど厳格なものではなかった。

「まあ、城を欲しがったのはよろしい。常陸笠間では城主でございましたからな」

大名には外様、譜代の他にも区別があった。国持ちか、そうでないか。城持ちか、陣屋大名かなどだ。一国一城令を厳密に考えると、全国で七十人弱ほどしかいない。四百諸侯のなかでも、一目おかれるのは確かである。

「池田家の城をそのまま使われればよいものを、長直公は潰れた家の城は縁起が悪いと……」

内蔵助があきれた。

「まあ、このあたりは祖父から聞いた話で、わたくしは直接知りませぬが、それほど違ってはおりますまい」

「はあ」

堀内伝右衛門が、なんともいえない顔をした。

「古い城を潰し、新しいのを建てる。幕府からそれだけ信頼をされているという証（あかし）でもござる。長直公はご自慢でございましたでしょうな。だが、それは幕府に借りを作っただけでござる。城を造ることを許す代わりに、浅野家は御所（ごしょ）再建を命じられました」

浅野が赤穂へ移ってしばらくしたころ、京で大火があり、御所が炎上した。その御所の新築を幕府は浅野長直に命じた。

「江戸城にかかわるお手伝い普請より規模は小さいですが、天子さまのお住まいになる御所でござる。使う木材、石材などは吟味せねばなりませぬ。働く職人も天下の名人あるいは、御所出入りの者を使わざるをえない」

「莫大な費用になりますな」

同じ外様大名の細川家もお手伝い普請には泣かされている。堀内伝右衛門が、同情した。

「城とお手伝い普請、そこに一度目の院使ご接待がございました」

幕府は天下を握っているとはいえ、名目上は朝廷より大政を負託されている。年に一度、京へ新年の挨拶をし、朝廷からの答礼使を江戸に迎えなければならない。

その正使が勅使であり、副使が院使であった。ともに高位の公家であり、その対応には十分な気遣いが要った。

「一度目の院使ご接待は、殿、長直さまの跡を継がれた内匠頭さまがまだ幼いということで、吾が祖父が差配をさせていただきました」

大石内蔵助良雄の父良昭は三十四歳の若さで急死したため、祖父良欽が筆頭家老を長く務めた。

「勅使ご接待も院使ご接待も、五万石ほどの大名方が務められる慣例でございましたな」

堀内伝右衛門が確認するように言った。

「さようでございまする。ご接待だけでござるゆえ、さほどの金はかからぬだろうとのお考えでございましょうが……」

それ以上は幕府を非難したことになる。内蔵助が最後を濁した。

「では、浅野さまは一代で二度のご接待を」

五万石ていどの大名は多い。一年に二人ずつ接待役を務めさせたところで、一回りするにはかなりのときが要る。一代どころか三代でも珍しかった。

「ご内意のときに、江戸家老の安井彦右衛門が、そのことを理由にご辞退申しあげたのでございますが、一代のうちに二度も御用を務められるのは名誉だと」

内蔵助がなんともいえない顔をした。

お手伝いはすべて名誉とされていた。とくに幕府に直接かかわる江戸城修復、寛永寺あるいは増上寺の改築、勅使、院使接待は、信頼のおける者にしか任されなかった。

金も出さず、ただやれと命じるだけの幕府にとって、誰がやろうとも関係はない。結果さえ出ればいいのだ。

「断りきれなかったのは、城造りで幕府に借りがあったからでござる。まあ、これも主君のわがままが原因でござる」

内蔵助が苦笑した。

しかし、幕府から押しつけられた大名にとって、お手伝いは災難以外のなにものでもなかった。

お手伝い、すなわち主体は幕府でありながら、金も人も出さないのだ。いや、人は出す。手伝いではなく、監視役を付ける。そしてお手伝いの逐一に目を光らせ、粗を探してくる。

お手伝いは完遂して当然、粗があれば徹底して修正させられる。酷ければ、すでに完成している建物を一度壊して建て直させられるときもある。

浅野家の勅使接待でも、接待屋敷の畳や調度を指南役という名で監察していた吉良上野介義央に否定され、大あわてで交換させられていた。

「死に行く者の愚痴とお聞き捨てくだされ。御上と大名のお手伝いに対する思いの差が、今回の刃傷を呼んだのでござる。若き殿には上野介どのの扱いが耐えられなかった」

「……それはっ」

あからさまな幕政批判であった。堀内伝右衛門が応答に困惑した。

「……それでも、ご辛抱願いたかった」

肚の底から絞るような声を内蔵助が出した。

「ご辛抱……内匠頭さまに」

堀内伝右衛門が気づいた。

「あと二日、あの日勅使ご接待をすませ、翌日諸事ご教授御礼に吉良上野介さまを訪ねる。それでお手伝いは終わり申した。さすがに、もうお手伝いはございますまい。内匠頭さま一代で、最後のお仕事はそれで終わりでございました」

一代に二度のお手伝いでさえ異例なのだ。さすがに三回は異論が出る。

「無事に終えて当然、褒美も与えられない厄仕事だからこそ、大名に押しつける。御上の意図くらいおわかりであったはず……」

内蔵助が拳を握りしめた。

「油断でござった。二度目であるということ、参勤のお供をして江戸におりました上席家老の藤井又左衛門ならうまく殿のご機嫌を取ってくれるだろうと信用していた。これがまちがいでござった。わたくしが手間を惜しまず、江戸へ出向いてお手伝いしておけば……」

「大石どの……」

後悔する内蔵助を堀内伝右衛門が、なんともいえない顔で見た。

「いや繰り言でござる。赤穂の居心地の良さに、溺れてしまった己の罪を今一度再認識しただけ」

内蔵助が苦笑した。

「さよう。わたくしがもう少し勤勉であれば、今日、ここで切腹することにはならなかった」

「罪でござるか……」

本題に内蔵助が入った。

「人というのはあまりに愚か。あまりに怠惰、そしてあまりに儚い」

内蔵助が語った。

「赤穂でぬるま湯に浸っていたわたくしのもとに、ことが報されたのは……刃傷のあった元禄十四年（一七〇一）三月十四日から数えて、五日目の朝でござった」

「何度伺っても、信じられぬ速さでございまする」

江戸から京まで、飛脚を走らせておおむね七日はかかった。赤穂は京よりまだ四十里（約百六十キロメートル）向こうで、通常、十日は要る。それをわずか五日で駆け抜けたのだ。堀内伝右衛門が信じられないのも無理はなかった。

「早駕籠でかき手を取り替え取り替え、夜を徹して駆け続けた結果でござる。もっとも、赤穂の刈屋城に着いたとき、一報を抱えて来た早水藤左衛門と萱野三平は駕籠から出ることもできないほど憔悴しきっておりました」

思い出すように内蔵助が言った。

「季節は春から初夏へ移ろうころ。赤穂は陽に包まれて穏やかでありました。いつものように夜が明け、昨日までと同じように日だまりのなかで過ごす。そのはずだった朝、わたくしは駆けこんできた宿直番の者から急使を報された。そのときの驚きは……まさに茫然自失でござった」

「お察しいたしまする」

「主君が江戸城中で刃傷。まだ二人の急使は殿の処遇を知りませんでしたが、そのようなもののいわずとも知れまする。城中での抜刀は重罪。刀を抜いただけならば、まだ望みはございましたが、幕府旗本に斬りかかったとあれば、死罪以外にございませぬ」

「……」

戦場から離れ、あらたな秩序を構築した徳川幕府は、武ではなく礼儀礼法で大名たちを統括していた。礼儀礼法は細かいくらい、いろいろなことが規定されており、それに反した場合の罪科も決められている。

前例を金科玉条のごとくあがめる礼儀礼法のもとで、助命や恩赦はよほどのことがないかぎり、ありえなかった。

「殿は切腹、下手をすれば斬首、藩は改易。わたくしはすぐに理解いたしました。この瞬間、赤穂浅野家は消え、わたくしも浪人になるのだと」

内蔵助が小さく笑った。

「主君を持たぬ浪人は武士ではござらぬ。赤穂浅野家で筆頭家老を務めてきた名門大石家が、浪人となった。わたくしが祖父から受け継いだ禄も屋敷も、もう吾が子には継がせてやれぬ。そのことが最初にわたくしを打ちのめしましてござる」

「内匠頭さまのご様子だとか、刃傷の原因とかではなく……」

堀内伝右衛門が怪訝な顔をした。

「浪人したのでござる。主君などおりません」

「なっ……」

冷たく言う内蔵助に、堀内伝右衛門が目を剝いた。

二年近い雌伏に耐え、主君の仇を見事に討った、忠義の固まりとまで讃えられている赤穂浪士、その首魁の口から出たのは、不忠きわまりない言葉であった。

「内匠頭さまが死のうが、生きようが、そんなことはどうでもよろしい。それよりも、ここから先どうやって生きていくかを考えることこそ肝心ではございませぬか」

「それは違いましょう。主君への恩義というものが……」

堀内伝右衛門が武家の常識をもって反論した。

「主君ならばなにをしてもよいと……」

「それは……」

内蔵助に迫られて堀内伝右衛門が詰まった。

「細川の殿が謀叛を起こすゆえ、皆付き従えと命じられれば、槍を担いで駆け出しまするか」

「……」

堀内伝右衛門が黙った。

「わたくしもあの日まで主君の言葉は絶対だと思っておりました。禄をいただいておるのは、いつか殿の馬前で死ぬためだと。ですが、あの日、その前提が崩れた。家が潰れ、禄がなくなった。ご恩とご奉公、のご恩がなくなった。となれば、ご奉公も消えましょう」

「今まで禄をいただいてきたご恩もございましょう」

厳しい声で堀内伝右衛門が、内蔵助を咎(とが)めた。

「ご恩は家から受けたもの。殿お一人からのものではございませぬ」

内蔵助が断言した。

「なにを言われる」

「貴殿もおわかりでございましょう。殿は代わる。なれど家は変わらぬ。家臣も同じでございましょう。我らは家から禄をいただいておりました」

「……………」

過去のことだと内蔵助は言えるが、細川藩士として籍のある堀内伝右衛門は同意できない。

「殿は死にますからな。まあ、人はかならず死ぬので、わたくしも言えた義理ではございませぬが」

内蔵助が小さく笑った。

「武士は家に仕えている。武士ならば誰もがわかっていることでござる」

「……………」

堀内伝右衛門も反論しなかった。

「ただ、家と殿は同義なときが多い。病で殿が死ぬときは、家と別になりますが、そうでなければ、今回のようなときは、家と殿はともに死にまする。家が死ねば、臣はよりどころを失う。それは殿もわかっておられたはず」

　内蔵助の声が冷えた。

「わかっておらぬようでは、主たる器足らず。そしてわかっていながら耐えられなかったのも器ではなかった。内匠頭さまを主君としていただかなければならなかった我らの不幸と宿命でござろう」

「辛辣な……」

「果たしてそうでございましょうか。戦国の世を見ていただきたい」

　酷すぎる評価だと責める堀内伝右衛門に、内蔵助が冷静に応じた。

「戦国……」

「はい。戦国のころ、城を攻められた大名たちがどうしたか」

「………」

　堀内伝右衛門が戸惑った。

「毛利の武将で織田信長公の中国侵攻に抗った備中高松城の清水宗治どの、同じく毛利に付いた播磨三木城主の別所長治どの」

「……あっ」

言われた堀内伝右衛門が反応した。

「戦国のころ、籠城で武運拙く敗北と決まったとき、主君は切腹して家臣たちの助命を願った。これが主君たる者のあるべき形でござる。主君は家臣の生殺与奪の権を持つ。家臣を無駄死にさせぬようにするのが主君の務め。無駄死にはさせない、吾が死にも意味はあると思わせてくれねば、家臣は付いていきませぬ」

「それは戦国のころのお話でございましょう。今は違いまする」

「なにが違うと。今も昔も主君は家臣を守り、家臣は主君の命に従う。二つ合わせて家を守る。武士とはそういうものでございましょう」

言い返す堀内伝右衛門に、大石内蔵助が告げた。

「貴殿と言い争うつもりはございませぬ。ただわたくしはそう考えていたと思っていただきたい」

生きていられる間は短い。議論はときの無駄遣いでしかなかった。

「ご無礼をつかまつった」

接待役として、熱く議論したのはよろしくない。堀内伝右衛門が詫びた。

「話を戻しましょう。江戸から殿中刃傷の報せが来たとき、わたくしは内匠頭どのと藩の死を悟りましてござる」

「…………」

内蔵助が浅野内匠頭に付けていた敬称をさまからどのに引き下げた。それに気づいた堀内伝右衛門が、一瞬顔をしかめた。しかし、なにも言わなかった。

「そうなると、わたくしのするべきはなんでございましょう」

「藩の後始末と来られた収城使に城を無事に明け渡すことでございましょう。聞けば、大石どのは、藩札の交換から、藩庫の金の分配まで見事になさったそうでございますな」

問うような内蔵助に、堀内伝右衛門が称賛を答えにした。

「あれは時間稼ぎでござる」

「なんと……」

家老としての責務ではなかったと答えた内蔵助に、堀内伝右衛門が絶句した。

「少しでもときを稼ぎ、思案をする間が欲しかった。そのためには、幕府の指示に唯々諾々と従っている振りをせねばなりませんでしたから。なにせ、主君が切腹となり、家が潰れたにもかかわらず、相手の吉良さまはお咎めなしとの裁決に、藩士のほとんどが憤っておりました。このままでは藩士が暴発、城を枕に討ち死にすると言い出しかねません」

「言い出しておられたのでは」

「藩士たちのことは怖れておりません。数百いる藩士のうち、実際に籠城する覚悟のある者など、数十でしょうからな。籠もったところでたいしたことにはなりませぬ」

「では、なにを危惧なさっておいでだったのでござる」

堀内伝右衛門が尋ねた。

「近隣の藩でござる。万一に備え、赤穂浅野家と藩境を接している大名家へ、御上から出兵が命じられていたことはご存じでございましょう」

「はい」

確認された堀内伝右衛門がうなずいた。

「もし、我らが籠城の気配でも見せれば、たちまちそれら近隣の兵どもが城下へなだれこみ、抗う間もなく戦になりましょう。いかに刈屋城が水をうまく使った堅固な要害とはいえ、数の差は埋まりませぬ。まちがいなく負けまする。いや、勝ち負けなんぞどうでもよろしい」

「えっ……」

武士にとって戦いの帰趨ほど大切なものはない。それをどうでもいいと言った内蔵助に堀内伝右衛門が息を呑んだ。

「鉄炮の一発、矢一つ放った段階で、我らは幕府に刃を向けた謀叛人になりまする。殿中で刃傷に及んだ殿以上の悪人でござる。殿は一人腹切っただけ、弟大学さまが慎みを命じられたくらいの連座ですみましたが、幕府に向かって抵抗した我らはそれではすみませぬ。それこそ慶安の変を起こした由井正雪、丸橋忠弥同様の扱いを受けましょう」

三代将軍家光の死と幼い家綱就任という幕政の混乱を狙って、浪人を決起させようとした軍学者由井正雪とその仲間は訴人されて捕縛あるいは自死、ことは未然に防がれたが、その一族は幼い子供まで含めて九族族滅の憂き目にあった。

そのことを内蔵助は言っていた。

「こればかりは防がなければなりませぬ。年寄りの嫌がらせていどに耐えられず、数百の家臣と数千の家族を路頭に迷わせるような愚かなまねをした主君の供なんぞ、したくもありませんでな」

淡々と内蔵助が続けた。

「そのためにする意味もない評定を延々としてみせた。人というのは、一時の激情に支配されているときは、命さえ軽く捨てられますが、しばらくして頭に昇った血が下がれば、死にたくなくなるものでござる。あとは、お家再興という未来を見せてやれば、抗戦を高々と叫んでいた者も……」

「……」

にやりと笑った内蔵助に、堀内伝右衛門が言葉をなくした。

「あとは赤穂浅野家の名を辱めるなといえば、率先して皆動いてくれまする。城を清掃する者、藩札の引き替えをする者、城の武具の記録を作る者、やることはいくらでもござる。そして、身体を動かせば、愚かな考えを突き詰める暇もなくなる」

「なにを言われているのか……」

堀内伝右衛門が思案を放棄し、怒り始めた。

「貴家の殿はご聡明(そうめい)ゆえ、我らのような羽目に陥られることはございませぬ。それは、越中守(えっちゅうのかみ)さまにお目通りをさせていただいたわたくしが保証いたしまする。越中守さまは、天下にまたとおられぬ賢君」

「……かたじけのうござる」

正面切って藩主を褒められた。家臣としては感謝の意を表さなければならない。堀内伝右衛門が落ち着きを取り戻した。

「これは見習ってはならぬものとして、お伝えくだされればよろしゅうござる。国を滅ぼした藩主と未来を潰した家臣たちの愚かな物語として」

皮肉げな笑いを内蔵助が浮かべた。

「未来を潰したとは」

「わたくしでござる。いや、今回の愚挙に加わった四十七人すべて。ああ、一人いなくなりましたな。寺坂吉右衛門が。あやつは除かねばなりませぬ。まだ未来を持っている」

「逃げた寺坂……どのが」

切腹の座にいない寺坂吉右衛門のことを堀内伝右衛門は認められないのか、敬称を付けるのに間があった。

「生きておりますからな。この先寺坂の名前は逃げた者として世間から非難されるゆえ、使えなくなりますが、名を変えればあらたな奉公先を探すこともできましょう。妻を娶り、子をなし、家を譲ることも」

うらやましそうな顔を内蔵助がした。

「まあ、寺坂がこの先どうなっていくかは、死に行く我らにはどうでもよろしい。なにもしてやれませせぬ」

話を戻すと内蔵助が言った。

「未来を潰した……討ち入りをしてしまった」

「大石どの」

後悔しているとわかる苦渋の表情をした内蔵助に、堀内伝右衛門が咎めるような声を出した。

討ち入りは、当日の昼、江戸中に知られたときから、世間を興奮のるつぼに叩きこんでいた。

「内匠頭どのは、よき家臣をお持ちである」

「我らの家中も是非に見習ってもらわねばならぬ」

大名、旗本を問わず、武家は罪を得て切腹した主君へ浪人してからも忠義を尽くした赤穂浪士たちをうらやみ、

「憎い殿さまの仇を討った」

「一年をこえる辛抱が実を結んだ」

「死んだ殿さまに命がけの忠義。見よ、これこそ武士というもんだ。その辺の二本差しは赤穂浪士の爪の垢(あか)でも煎じて飲めばいいんだ」

日頃武士を陰で嘲笑している庶民までが内蔵助たちを称賛していた。

まさに天下のあこがれである義挙をなした本人が否定する。それに堀内伝右衛門が驚いたのは当然といえた。

「愚挙でござる。堀内どの、我らが今回の討ち入りをしたことで、誰が得をいたしました」

「損得の問題ではございませぬぞ」

「いいえ。損得で考えなければなりませぬ。人情だ忠義だなどを持ち出せば、どのような行為でも許されるという風潮は危険でござる。御上の御法度を忠義や人情がこえては、天下はなりゆきませぬ」

「それはそうでござるが」

正論に堀内伝右衛門が引いた。

「天下の法に照らしても、損得でいっても、今回の討ち入りはしてはならぬものでございました」

「では、なぜ大石どのは討ち入りを決行なさったのでござる」

矛盾ではないかと堀内伝右衛門が咎めた。

「……………」

指摘された内蔵助が泣きそうな顔をした。

「大石どの……」

思わず堀内伝右衛門が気遣うほど、大石内蔵助の顔色は悪かった。

「追いつめられたのでございましょうや」

ちらと堀内伝右衛門が他の浪士たちへ目をやった。

細川家に預けられたのは主将たる大石内蔵助を筆頭に副将の吉田忠左衛門、赤穂藩で大目付をしていた間瀬久太夫ら高禄の者ばかりである。とはいえ、皆が沈着冷静だったわけではなかった。

江戸留守居役の堀部弥兵衛、馬廻り赤埴源蔵らは、討ち入りが終わった後もそのときの興奮を持ち続け、いまだに槍をたぐるまねなどをしている。声高に死んだ吉良上野介を批判する者もいた。

「それもないわけではござらぬがな……」

小さく大石内蔵助が首を左右に振った。

「ではなにが」

「せがれでござる」

「ご子息といえば、大石主税どの。その主税どのがなにか」

口ごもる内蔵助に堀内伝右衛門が問うた。

「ここまでお話ししたのでござる。今さら隠したところで、意味はない」

己で己を鼓舞するように、内蔵助が口にした。

「大石どの」

窺うように堀内伝右衛門が内蔵助を見た。

「主税が討ち入りを迫ったのでござる。これ以上は辛抱できぬと。年をこえるようならば、有志だけで、吉良の外出を襲うとまで」

「はあ」

堀内伝右衛門が気の抜けた相づちを打った。

「それのどこが問題でござるやら」

深刻な内蔵助へ、堀内伝右衛門が不思議そうに問うた。仇討ちとしては当然の手であった。

「それでわたくしがいたしてきた策がすべて無になったのでござる」

「策とはどのような」

堀内伝右衛門が身を乗り出した。

「討ち入りをさせぬための策でござる」

「へっ……」

討ち入りの首謀者から出た思いがけない言葉に、堀内伝右衛門の口から間の抜けた声が漏れた。

「ど、どういう意味でございまするや」

すぐに堀内伝右衛門が吾に返った。

「さきほども申しましたように、我らは未来を模索せねばなりません。藩が潰れ、浪人となったのでござる。どうにかしてあらたな食い扶持を稼がねば生きていけませぬから」

「……………」

「おわかりではございませぬかの。我らは主君の仇など取るのではなく、別の仕官先、あるいは帰農、商人になるなどを考えるべきだったのでござる」

「なぜ……」

「人は生きて、代を継いでいくものでございましょう」

「それはそうでございますが」

まちがえていないと渋々ながら堀内伝右衛門が認めた。

「まさか、主君が馬鹿をした家の臣は子々孫々まで続いてはならぬとでも」

「そのようなことは申しませぬが、それは武士としていかがなものかと」

堀内伝右衛門が気遣いながらも、切り換えが早すぎるのではないかと反論した。

「そもそも武士とはなんでござる。主君に仕え、禄をいただき、代を重ねていくものだとわたくしは考えておりまするが、堀内どのは如何」

「わたくしも同感でござる」

正しいと堀内伝右衛門もうなずいた。

「さて、そこで主君がいなくなった。主君の罪で藩も潰れた。残るはなんでござる。血を続け、代を重ねて、ふたたび世に出る日を待つ。それだけでございましょう」

「お待ちあれ。忠義はどこに」

「まだおわかりではございませぬか。忠義を尽くす相手を我らは失ったのでござるぞ」

「死んだとはいえ、内匠頭さまがおられましょう」

堀内伝右衛門が抗った。

「殉死は禁じられておりまする。これは幕府が死者への忠誠を認めておらぬ証」

「強弁過ぎましょう。夫婦は二世、主従は三世とも申しまする」

内蔵助の言いぶんに堀内伝右衛門がふたたび反発した。

これは夫婦のちぎりは今生だけでなく来世も続き、主従の絆はさらに一代先まで強いという武家のことわざのようなものであった。

「ちと違いますすな。夫婦が二世というのは、間に子をなすからでござる。すなわち次代を生み出す。そして主従は三世とは、譜代と呼ばれるには三代仕えなければならぬという慣習を出しただけ」

「……」

これも正しい。堀内伝右衛門が困惑した。

「言い回しなどどうでもよろしゅうござる。わたくしが申しあげたいのは、我ら家臣と赤穂浅野家の縁は切れたということだけ」

「情がなさ過ぎましょう」

感情のこもらない声で言う内蔵助に、堀内伝右衛門が苦情を申し立てた。

「情では生きていけませぬ。代を続けなければならぬのは、なにも大名だけではございませぬ。我らも、商人も、百姓も同じ。そうせねば、世のなかは動きませぬ」

内蔵助が堀内伝右衛門の反撃を気にせずに語った。

「いつ種を蒔き、いつ刈り取るか。いつどの商品を仕入れ、どのくらいの儲けを乗せて売ればいいか。これらは経験を重ねなければわかりますまい。いきなりわたくしが田を耕しても、商いをしても成功はいたしませぬ。なにせ、農商についてなにも知りませぬ。なにも受け継いでおりませぬ。これらは親から子へ、子から孫へと代を継いで教え継がれていくものでござる。今年はあの山の桜が遅かったゆえ、夏は寒いだろうとかは一朝一夕ではわかりますまい。今の我らがあるのは、先祖が学んできた経験を引き継いで来たからでござる。今、いきなり継承がなされなくなったら、人の世は数年で原始の昔に戻りましょう」

「ううっ」

言い返す言葉が見つからないのか、堀内伝右衛門が唸(うな)った。

「人の世は親から子へと続いていかねばなりませぬ」

内蔵助が断言した。

「わたくしには主税以外にも子はおりまする。そう、わたくしには吾が子に引き継がせる義務がござる。それは堀内どのも同じはず」

「……たしかに、わたくしにも子はおりまする。堀内の家を譲る子が」

「それは結構なこと」

手を内蔵助が叩いた。

「さて、わたくしはあの日、子に譲るべき禄を失いました。では、なにを継承させるべきなのか」

「武士としての名誉ではございませぬか。今回の討ち入りの栄誉は永久に讃えられましょう」

問うような内蔵助に、堀内伝右衛門が応じた。

「主税も一緒に切腹いたすのでございますが」

「……他のお子さまに」

「主税は死んでもよいと」

「そのようなことは申しておりませぬ」

難癖に近い内蔵助の態度に、堀内伝右衛門が慌てた。

「死んではなにも残りませぬよ。名前が残る。それのどこがよいのでござる。武家の鑑(かがみ)と褒められたところで、死んでしまえば本人はそれを誇ることもできませぬ」

内蔵助が、堀内伝右衛門を見つめた。

「武家とはそういうものでございましょう」

「では、親とはなんでございますかな」

話を戻したような堀内伝右衛門に、内蔵助が尋ねた。

「親とは……子を守り、慈しむもの」

「でございましょう。その親が子を死なせて誇りに思うとでも」

内蔵助が目を閉じた。

「思うわけございませぬ。堀内どの、思い出していただきたい。吾が子が生まれた日の喜びを。初めて歩いた日、言葉を発した日、袴着(はかまぎ)の日、その思い出すべてが愛しゅうございませぬか」

「……愛しゅうござる」

堀内伝右衛門も同じ思いであった。

「その吾が子を死なせたいと」

「思うわけございませぬ」

堀内伝右衛門が認めた。

「今までは、わたくしに赤穂浅野家筆頭家老という身分がございました。そして主税には家老の嫡男という肩書きが付いていた」

静かに内蔵助が話した。

「赤穂における限り、その身分は至極。殿でさえ配慮してくださる」

筆頭家老というのは、藩にとって創立の功績があるか、代々の譜代、あるいは藩主家から養子をもらったり姫を娶るなどして血縁関係にあることが多い。場合によっては藩主公の叔父だったりするときもあった。

大石家はそのうち功績ある家柄であった。大石内蔵助の曾祖父内蔵助良勝が浅野長政の三男常陸笠間藩主長重に仕え、大坂の陣で大いなる手柄をあげ、三百石の小姓から千五百石の筆頭家老へと抜擢された。それでも手柄には不足だったのか、浅野長重は大石家を子々孫々まで筆頭家老を受け継ぐ永代家老の家柄に認定した。

藩祖から認められた筆頭家老の家柄、当然格別の扱いを受け、代々の藩主も相応に遇さなければならない。藩主公が参勤交代で江戸に出ているときはもちろん、在国中でも赤穂では上なしに近い振る舞いが許された。

とはいえ、内蔵助はそこまで傲慢な性ではなかったため、無理難題を命じることもなく、気楽で穏やかな日々を送れた。

「永代家老だなどといったところで、藩がなくなればそれまで。そこらの浪人と同じになるしかない」

「守ってくれたものが消えた……」

「おわかりかの。その不安さが」

「わかりませぬ」

正直に堀内伝右衛門が述べた。

「無理もございませんな。侍は誰しも家が潰れるなどと思っておりませんゆえ」

内蔵助がうなずいた。

「そのときが貴殿の身に訪れないことを心からお祈りいたしておりまする」

ほんの少しだけ内蔵助が頭を下げた。

「お気遣いに感謝を」

これも礼儀である。堀内伝右衛門が、内蔵助と同じくらい軽く頭を垂れた。

「身分、家柄という鎧兜を奪われたわたくしが最初に考えたのは……どうやって子供たちを守るかということでござった。これから先、藩がどうなるかなどではなかった」

「…………」

無言で堀内伝右衛門が聞いた。

「親として子を守り、育てて行くにはどうするべきか。そう考えたとき、籠城での抵抗はありえませぬ。そして、考えなしの連中を抑えた後、どうすればいいかと思案したとき、最初に思いついたのが、お家再興でござった。内匠頭どのには大学さまという弟君がおられる。内匠頭どのが家督を継ぐとき、新田三千石を分知されて寄合旗本になられていた。それだけではない。子のおらぬ内匠頭どのの養子となり、赤穂浅野家の世継ぎでもあられた」

兄が家督を継ぐとき、弟たちに禄を分け別家させる行為は大名家でままあることであった。十万石をこえる大大名だと分家も万石をこえ支藩と呼ばれる大名になり、数万石から五万石ほどならば、千石から数千石の旗本にした。

これは本家に跡継ぎがいないときのための用心であり、浅野大学はまさにこれであった。

「世継ぎがある。ないよりもはるかに有利でござる。わたくしはそれにかけ申した。赤穂の地を奪われ、石高を半減されても浅野家が再興すれば、この功績でわたくしは家老となれましょう。まあ、禄は大幅に減るでしょうが、浪人するよりはまし」

「なんと勘定高い……」

武士は金勘定や儲けなどを卑しむ。武で勝ち取ってきたという自負が武士にはあり、打算を嫌う。内蔵助の考えに、堀内伝右衛門があきれた。

「これには血気盛んな者をおとなしくさせるというもう一つの狙いがござった。旧浅野藩士浅野家の名跡を残すという大義名分の前に、復讐は言い出せませぬ。大学さまが吉良上野介さまを襲いなどしたら、お家再興の夢は潰えますからな。大学さまに迷惑をおかけするなというだけで、堀部安兵衛や高田郡兵衛なども我慢いたしました」

堀部安兵衛は高田の馬場で義理の伯父の仇討ちを果たしたことで有名になり、堀部弥兵衛の養子になって浪人から抜け出した者で、高田郡兵衛は宝蔵院流の槍で知られた者で、ともに武に優れ、吉良を討てと騒ぐ連中の旗頭であった。

「しかし、御上は冷とうございました。浅野大学さまを改易、一年以上放置したあと、再興を許さず、広島の御本家さまへお預けとしてしまいました」

大きく内蔵助がため息を吐いた。

「……………」

うかつな返事は幕府非難になる。堀内伝右衛門も聞いていない振りをした。

「これでわたくしの浪人は確定いたしました」

内蔵助が瞑目した。

「なぜ藩が潰れたときに、他家へ御仕官なされなかったのでござる。聞けば、お取り潰しの後、再仕官なされたお方もおられたとか。筆頭家老を務めておられた大石どのならば、何方でもお迎えくださったでございましょう」

堀内伝右衛門が疑問を呈した。

「主税でござる。あのときまだ十四歳、元服もしておらぬ若輩だった主税は……お家の激変に驚き、どうしていいかわからなくなり申した。そして、そこへ魔手が伸びた。わたくしが城の受け渡しで多忙を極め、屋敷にさえ戻れない日々を送る間に、愚か者どもが純真な主税に近づき、筆頭家老の嫡子として、武士たる者の義務として、仇討ちをせねばならぬと囁きおった」

穏やかだった内蔵助が声を荒らげた。

「大石どの、落ち着かれよ。周りの目が」

堀内伝右衛門が宥めた。

「……そうでござった」

内蔵助が大きく息を吸って吐いた。

「城の受け渡しを終えて、屋敷に戻ったわたくしに、復讐を主税が求めて参りました。愕然といたしましたぞ。親が守ろうと必死になっている子供が、幕府の法を犯し、死を選んだのでござる。もちろん、説得をいたしました。内匠頭どのが亡くなったのは、罪を犯しての罰であり、吉良さまにはなんの傷もないと。仇でもない者の命を奪うようなまねは天下の大罪、御上からもお咎めを受けると懇切ていねいに説得いたしましたが、若い主税はすでに復讐という名の美談に酔っており、父の言うことなど耳にいれませなんだ」

落ち着いたとはいえ、内蔵助の表情は険しい。

「まったく、破滅したいのならば一人で切腹し、内匠頭どのに殉じていればよいものを。他家の、それも子供をそそのかすなど……地獄へ堕ちろ」

内蔵助が少し離れたところで自慢話に興じている堀部安兵衛へ目をやって、呪詛を口にした。

「聞こえますぞ」

堀内伝右衛門が、声を潜めた。

「かまいませぬ。今さら、どうしようもございませぬでな。わたくしもあやつらも、まとめて腹を切るのでござるから」

「たしかに」

投げやりになった内蔵助に、堀内伝右衛門が首肯した。

「息子が過激になった。お家の再興もなくなった。そこからわたくしがなにをしたか、おわかりでございましょう」

「討ち入りを引き延ばした」

すぐに堀内伝右衛門が告げた。

「なんのために……いずれしなければならないとおわかりでございましょう。ご子息だけでなく、かなり多くの方々が、それを願っておられたならば」

「多くの、というところでござる。わたくしはそこを攻めた」

訊いた堀内伝右衛門に、内蔵助が答えた。

「攻めた……」

「お家の再興が断たれたとき、かなりの数の同志が欠け落ちましてござる」

藩が蘇ったときに、家臣として復帰したいと考えた者たちが、かなりの数、内蔵助たちを頼ってきていた。その者たちは、堀部安兵衛らの尻馬に乗って、勇ましいことを口にし、いかに己が主君の死を無念だと思っているかを声高にしたが、浅野大学が広島へ送られるなり、同志の会合にも出てこなくなった。

「まさに半減でございました。これでわたくしは思ったのでござる。討ち入りをしたくても人がいなければ話にならぬ。吉良家は四千二百石、高家という格式ゆえ、いささか文に傾かれるでしょうが、家臣は八十人ほどお抱えでござる。それを襲って吉良上野介さまの首級をいただくとなれば、五十人は要りまする」

「五十人でも厳しゅうございますな。お出かけを狙うならまだしも、お屋敷に攻め入るとなれば、百人はいないと」

城攻めには籠城している兵の倍要るとされている。今回は城ではなく、旗本屋敷でしかないが、同数以上いないと敵将までたどり着くのは難しい。

「仰せの通りでござる。そのためにわたくしはなんだかんだと言い、討ち入りを延ばしました。少しでも同志が減るように。禄を離れたときに、一時金を支給したとはいえ、そのようなもの、新たな生活の場所を設け日々を過ごすだけですぐに潰えるくらいでしかない。もとより財を持っていたものは、利に聡いゆえ、こんな愚挙などに参加していない。いたのは、数カ月で米櫃の底が見えるような連中ばかり。少し、引き延ばしてやるだけで、食べていけなくなり、生活のために欠け落ちていくだろうと考え、あらゆる手立てを執りましてござる」

「……なんとまた」

「理由はいくらでも付けられましたのでな。同志たちの結束を確認する。吉良上野介さまの動向を調べる。上杉家が出てこないかどうかを窺う」

戦国の英雄上杉謙信の流れを継ぐ米沢上杉家は、紆余曲折あり百二十万石から十五万石へと領地を減らされていたが、家臣の放逐はほとんどおこなっていなかった。武を誉れとし、人数を抱える上杉家の現当主は吉良上野介の長男であった。当初から上杉家は吉良上野介警固のため、付き人を差し出すと噂があった。

「吉良さまを油断させるためと称し、京で遊びもいたしました」

「有名なお話でございましたが……」

敵を欺くには味方からと、浪士たちから討ち入りを急かされたにもかかわらず、京の遊廓で遊び続け、赤穂浪士の頭領大石内蔵助は主君の仇討ちをする気などなく、腑抜けていると見せつけた。まさに孔明をしのぐような策であったと、褒め称えられている話の実際を聞かされた堀内伝右衛門が落胆した。

「そうやって稼ぎ出したときのおかげで、同志は五十五人まで減り申した」

千石取りの奥野将監から五両三人扶持の梶半左衛門まで、七十二人が脱落した。

「しかし、それ以上はときを稼げませんでしたな。あまりに逸るものですから、少し早めに江戸へ向かわせた息子が、主税が堀部安兵衛らとともに暴走しかけましたので。それを宥めるため、わたくしは江戸へ急ぎ下向いたしましてござる」

内蔵助は元禄十五年（一七〇二）十月七日に江戸へと出発した。

「江戸へ着いたのが翌十一月の六日でございました。日本橋の旅籠に荷をほどき、一同を集めたわたくしは愕然といたしました」

「愕然となさったのはなぜ」

「集まった五十四人が、わたくしを除いて皆、討ち入りを願っておったのでござる。当然でござった。わたくしが江戸へ移ることで、一同を刺激してはいかぬと、上方にいたのが悪かったのでございましょう。仇が江戸で堂々としているのを見て、より憎しみが増した。それを見抜いていなかったわたくしの落ち度」

　何度も何度も内蔵助が首を左右に振った。

「そこに金不足が祟りましてござる。これ以上日延べされては飢え死にするしかないという連中が何人も、いやほとんどがそうでござって、もう辛抱を命じられる状況ではなかった」

　内蔵助が後悔をした。

「今一度、江戸を離れて上方へ戻ろうかとも思いましたが、もう主税が付いて参りませぬ。わたくしがいなくなった途端に、無理を承知で吉良邸へ打ちこみましょう。それでは、意味がなさすぎる」

「意味が……」

わからないと堀内伝右衛門が怪訝な顔をした。

「死ぬと決まった息子に、父親がしてやれること。それはただ一つでござろう」

「……」

「その死を意味あるものにすること。それしかございますまい。そこでわたくしは申し訳なき仕儀ながら、吉良上野介さまのお命をちょうだいすることにいたしましてござる」

「なんと、討ち入りの一カ月前にようやく本気になられたと」

堀内伝右衛門が衝撃のあまり、目を大きくした。

「いたしかたございますまい。それまでどうやって息子を死なせずにすませるかばかり考えておりましたゆえ」

内蔵助が述べた。

「無駄死にはさせない。そして一緒に死んでやる。それが息子を守れなかった父のできる最後のこと。そこからは前もお話ししたとおり、討ち入りを成功させるため、手を尽くしましてござる」

江戸へ来てからの内蔵助は、今までの怠惰が嘘のように動き、浪士たちをまとめあげた。路上で吉良上野介を見つけた岡島八十右衛門が、その場で斬りかからず辛抱したことでもわかる。

「急がねばなりませんでしたしな。これ以上欠け落ちが出ては、瓦解してしまう。それまでに討ち入らねばなりませぬ。かといって失敗は許されない。なにせ次はありませんのでな。ようやく吉良上野介さまがまちがいなくお屋敷におられると判明した十二月十四日の夜、決行となったときは、安堵の余り膝を突きそうになり申した。まあ、それでも当日集合場所に来なかった者を含め八人が欠け落ちました。まさにぎりぎりでござった。そのあとのことはお話しせずともよろしかろう」

「ええ」

堀内伝右衛門が手にしていた帳面から顔をあげた。

細川家に預けられてから、それこそ毎日のように話を聞き、ずっと紙に認めてきたのだ。それはすでに一冊の書物並みの厚さを誇っている。

「できれば、息子と同じところに預けられたかった。死は息子も覚悟はいたしておりましょう。しかし、まだ十六歳と幼い。死の恐怖に眠れぬ夜を過ごしておらぬか、震えておらぬかと不安でござる。ともにあれば、抱きしめてやれるものを……」

虚しそうに内蔵助が己の両腕を見た。内蔵助の息子主税は堀部安兵衛らとともに伊予松山藩松平隠岐守定直に預けられていた。内蔵助は、十二月十五日、泉岳寺からそれぞれの預け先へ移って以来、主税とは会えていなかった。

「切腹の仕方を知っておろうか、作法をまちがえたりせぬだろうか。恥をかかせてはかわいそう。一緒に死ねれば、こうやるのだと手本を見せてやれるのに……もしくは落ち着いてできるよう見守ってやることもできる」

内蔵助の声が震えた。

「親はかならず子より先に死ぬもの。死なねばならぬもの。次男吉之進、三男大三郎、長女くう、次女るりらのことは愛おしく思いまするが、それは世の常。今日、死出の旅路に出るにあたっての心残りはございませぬ。なれど、主税は違う」

内蔵助が嗚咽を漏らした。

「父と一緒に、いや、ひょっとすると父より先に死なねばならぬのでござる。だからこそわたくしは主税をより愛おしいと思う」

「……」

堀内伝右衛門が筆を止めた。

「まだ若く、世の憂きも楽しきも知りませぬ。妻を娶り、子をなし、老いていくという日々を主税は送れませぬ。親としてこれほど悔しいことはない。なによりその死に寄り添ってやれぬのが辛い」

内蔵助が拳を握りしめた。

「わたくしは恨む。我慢できなかった内匠頭を、愚挙に息子を巻きこんだ者どもを……」

「大石どの。恨み腹は……」

切腹の折に、逆へ刃を動かしたり、臓腑を取り出して投げることを恨み腹といい、名誉ある死を汚す行為として嫌われた。

堀内伝右衛門は内蔵助がそれをするのではないかと危惧した。

「いたしませぬよ、そんなもの。息子の死を地に落とすようなまねは。親子共々見事であったと言われるように、立派に腹切って見せましょう」

泣きはらした目を内蔵助が堀内伝右衛門へ向けた。

「なにが武士の誉れ、忠臣の鑑か。そんなもの欲しくもないわ」

内蔵助が、供された酒を呑みながら討ち入りの戦いの思い出話をしている浪士たちをちらと見た。

「吾が子、孫に囲まれての穏やかな死。人として、親として当たりまえの一生、それだけでよかったのだ」

「………」

慟哭を耐えて喰いしばる内蔵助に、堀内伝右衛門が言葉なくうつむいた。

「大石内蔵助良雄どの、用意整いましてござる。とくとお出でなされ」

切腹の準備ができたと小姓が呼びに来た。

「承知つかまつった」

すっと内蔵助が立ちあがった。先ほどまでの醜態はもうなかった。

「堀内どの。長くのご厚誼かたじけなく存じまする。どうぞ、つつがなくお過ごしあられよ」

「大石どの……」

深く感謝を表した内蔵助に堀内伝右衛門は言葉がなかった。

「では」

切腹の開始を知って注目した一同に、軽く頭を下げて内蔵助が死へと歩き出した。様子が見えて残っている者が動揺してはならないと、浪士控えの間から切腹の座は見えないように遮られている。

「待っておれ。三途の川は共にわたろうぞ。主税」

まっすぐに前を見つめた内蔵助の姿が、やがて見えなくなった。

「……大石内蔵助どの、無事に果たされましてござる。続きまして吉田忠左衛門兼亮どの、おいでなされ」

しばらくして小姓が内蔵助の切腹が終わったことを報せた。

「お見事でござる」

堀内伝右衛門が一礼した。

「……大石内蔵助どのは忠臣たちの頭領で有り続けねばなりませぬ。遺(のこ)された者たちのために、いや、すべての武士のために」

手にしていた聞き書きを、堀内伝右衛門が引き裂いた。

享年：四十五

（一六五九―一七〇三）

戒名：忠誠院刃空浄剣居士

これを書きたいために切腹というシリーズを始めたといっても過言ではない。

吉良上野介を討ち果たすという本懐を遂げた大石内蔵助が、実際はなにを考えて切腹の座に着いたのか。これを私はデビュー前から考えていた。事実、私のデビュー作である赤穂浪士の裏を描いた「身代わり吉右衛門」(「逃げた浪士」と改題して講談社文庫『上田秀人初期作品集　軍師の挑戦』所収)でも、大石内蔵助を題材にしている。あれから二十年、違った形で大石内蔵助の想いを表現してみた。

外様小藩ながら世襲制の筆頭家老で、禄も一千五百石。そろそろ武家の内証が急迫し始めた元禄といえども、まず裕福であり、領内においては尊敬を集める立場、まさに何不自由ない日々を送っていた大石内蔵助に青天の霹靂が落ちる。しかも、それは己だけでなく、吾が子まで巻きこんだ。親として子を死に向かわせた主君を大石内蔵助はどう思ったのだろう。

私も二人の息子を持つ親である。親にとって子の死ほど辛いものはない。もちろん、江戸期と現代という環境の違いはある。それでも親子の情にはかわりはない。

そう考えて、この作品を仕上げた。

確実に死ぬ息子を助けられぬもどかしさ、最期を看取ってやれぬ辛さ、それを理解したとき、大石内蔵助が選んだのは息子の名を残してやることだったのではないか。

読者諸氏はどうお考えになるだろうか。

もしよろしければ、デビュー作と読み比べていただきたい。作家二十年の差もおわかりいただけると思う。

応報腹　織田信長

織田元右大臣信長は、騒々しい音に目を覚ました。

「なにごとじゃ……昨夜は深更をすぎるまで秋田城介の相手をいたしておったというに」

心地よい眠りから起こされた織田元右大臣信長が不機嫌な声を出した。

「お目覚めでございましょうか」

寝屋の襖を開けて、不寝番を務めていた小姓の森坊丸が顔を出した。

「騒がしい。雑兵どもが酒に酔っておるのだろう、鎮めて参れ」

信長が森坊丸に命じた。

「ただちに」

遅滞を信長は嫌う。すぐに動かねば、寵愛を受けている者といえども厳しい叱責を受ける。

森坊丸が駆け出していった。

「……殿」

すぐに戻って来た森坊丸の顔色は真っ青であった。

「なにがあった」

その表情に信長も非常を感じ取った。

「か、囲まれておりまする。て、敵襲で……」

森坊丸が崩れ落ちた。

「敵じゃと。この京でか」

さすがの信長も信用できなかった。

武田勝頼を滅ぼし、毛利を追い詰め、討伐の軍勢を起こして長宗我部を降伏させた。かつての宿敵、浅井、朝倉、斎藤はなく、石山本願寺も信長の前に膝を屈した。

役立たずの足利幕府は、その最後の将軍たる義昭を放逐、崩壊させた。

天下を手中にしたというには、いささか領国の数に不足はあるが、それでも信長は天下人にもっとも近い。

天下、すなわち京である。どれほど領地が広くとも、比類なき無敵の軍勢を誇っていようとも、京を手にしていない者は天下人たりえない。

京は信長が足利義昭を担いで上洛した永禄十一年（一五六八）十月十八日以来十四年の間、織田家の支配下にあった。

その京において信長を襲う者などいようはずもなかった。

「殿、外を見て参りましてございまする」

続報を持って森坊丸の兄、森蘭丸が駆けこんできた。

「敵はどこの者ぞ」

信長が問うた。

「軍勢のなかに桔梗の紋が見えまする。惟任日向守どの謀叛のよし」

片膝を突いた森蘭丸が告げた。

「きんか頭が、余を裏切ったのか……喰うや喰わずの境遇から引きあげてやった余を……」

一瞬、信長が呆然となった。

「使者を出し、日向を説得……いや、もうこうなれば、是非もなし。日向も肚を決めてのこと。翻意などせぬわな」

明智光秀をなだめすかしてことを収めようと考えかけて、信長が首を横に振った。

「お落ちくださいませ。ここは我らで食い止めまする。坊丸、お供を」

森蘭丸が信長を逃がそうとした。

「無理じゃ。日向は天下を保つだけの器量はないが、武将としてそつはない。鼠一匹逃しはせぬ」

「女どもに交じって……」

一向一揆の制圧で信長は女子供かかわりなく皆殺しにしていたが、戦では戦わない女子供を逃がすのが慣例とされている。戦場で女が陵辱されるのは、勝ちが決まってからであり、それまでは雑兵といえども勝手なまねは許されない。うまく行けば、女だけなら本能寺から落ち延びられた。

「余に女のまねまでして生き延びろと」

「はい。生きてさえおられれば、いくらでもやり直しができまする」

怒気をはらんだ信長に、森蘭丸が臆することなく進言した。

「十年前ならば、その意見受け入れた。だが、余も五十歳近い。ここからのやり直しは無理じゃ。配下に裏切られ、女の格好までして逃げた。そんな男に天下が付いてくるものか。今以上に、余のもとを去る者が増えるだけじゃ」

寂しそうに信長が首を横に振った。

「殿……」

森蘭丸もうつむいた。

「……どれ最後の戦ぞ、目にもの見せてやろう。弓を持て」

すぐに信長が立ち直り、大声を出した。

鉄炮のほうが威力はある。だが、本能寺という狭い範囲での戦闘、そのうえ味方と敵で数に大きな差があるときには、威力よりも速射できる武器のほうが頼りになった。

鉄炮を一発撃つ間に、弓ならば五射以上できる。

「余に刃向かうとは、不遜なり」

縁側に立ちはだかった信長は、森坊丸の差し出す矢を次々に放ち、塀を乗りこえようとする明智光秀の兵たちを射貫いた。

「殿の御前であるぞ。一同、恥をさらすな」

森蘭丸が信長の近臣たちを鼓舞しつつ、槍を手に信長の前に出た。

「手柄は立て放題じゃ」

「御前で働けるとは、一期の思い出」

数の差は絶対である。

信長に付いて本能寺に滞在していた家臣たちは、誰もが死を覚悟していた。

「お先に御免」

「おのれ、日向。呪ってくれようぞ」

塀際で奮戦していた家臣たちが、次々と討たれていった。

「殿、ご用意を」

すでに中庭にも敵兵が入りこんでの乱戦になっている。森蘭丸が、信長に自害を勧めた。

「うむ。任せてよいな」

「坊丸をお連れ下さいますよう」

信長から目を向けられた森蘭丸が、介錯役として弟を推した。

「そうしよう。お蘭、後で会おう」

「黄泉路の露払いはすませておきまする。殿にはお心おきなくなされまするよう」

死しての再会を約した信長に、森蘭丸が微笑んだ。

「付いてこい、坊丸」

信長がふたたび寝屋へと引きあげた。

「ときを稼げ。馬廻りの誇り、今こそ見せよ」

襖が閉じられるのを確認した蘭丸が、近づいてきた敵兵を一突きにした。

「おうよ。殿が一差し舞われるまで、一人も通さぬわ」

桶狭間の合戦以来、信長がこれというときに敦盛の一節を舞うというのは、家臣ならば誰でも知っている。

信長の馬廻りとして知られた湯浅甚介が森蘭丸の檄に応じた。

「行かせるか」

「お寝屋を守れ」

塀際での応戦を捨てて、生き残っていた者たちが集まった。

「我らの供をしたい者は、かかって来るがいい」

「……」

死兵となった織田家臣たちに、明智光秀方の兵たちがたじろいだ。

寝屋へ戻った信長は、己の寝ていた夜具のうえにどっかと胡座をかいた。

「殿、ご支度を」

介錯を兄から命じられた森坊丸が、緊張した顔で進言した。

「切腹せいか。ふん」

信長が嗤った。

「坊丸、今のうちに台所へ行き、油と酒を持ってこい」

「油と酒でございますか」

森坊丸が怪訝な顔をした。

「急げ。ときがない」

「た、ただちに」

怒鳴られて森坊丸が駆け出していった。

「お待たせをいたしましてございまする」

すぐに森坊丸が徳利を二つ手にして戻って来た。

「杯をよこせ」

信長が顎で示した。

「……はっ」

末期の酒になる。森坊丸が言われたとおりにした。

「………」

杯に酒が満たされるのを信長は無言で見つめていた。

「どうぞ、お召しを」

注ぎ終えた森坊丸が手を突いた。

「そちも呑め」

信長が促した。

「そのような、畏れ多いことは……」

主君と酒を共に酌むなどできないと森坊丸が遠慮した。

「よい。余が許す。しばし、つきあえ」

信長がもう一度促した。

「そこまで仰せくださるならば……頂戴つかまつりまする」

森坊丸が空いていた杯を手にした。

「……うまいな」

信長が酒を干した。

「……」

無言で森坊丸も酒を口に含んだ。

「やはり届かなんだな」

自嘲するような口調で、信長が言った。

「なにがでございましょう」

森坊丸が首をかしげた。

「天下よ。天下を吾が手にできなかった」

杯を信長が突きだした。

「わかってはいたのだがな。一代で天下を取るというのはまず無理だと」

信長が杯に満たされた酒を見た。

「そのような」

森坊丸が否定しようとしたのに、信長が言葉を被せた。

「毛利は保(も)ってあと半年、長宗我部は恭順を申し出た。残るは九州と関東、越後(えちご)と奥州(おうしゅう)となる。あらためて見ると多いわ」

信長が苦笑した。

「日向守の裏切りさえなければ、殿ならばかならずや」

もう一度森坊丸が否定した。

「きんか頭のことがなくても届かなかっただろうよ」

苦労してきたためか、髷(まげ)を結うにも苦労するほど髪の薄い明智光秀のことを信長はきんか頭と呼んでいた。

「同じところで足踏みをしすぎたわ」

しみじみと信長が言った。

「同じところ……でございますか」

森坊丸が首をかしげた。

「朝倉、浅井、松永、波多野、武田、上杉もそうだな。あと播磨の小領主ども」

信長が名前をあげた。

「思い出しても腹の立つことよ」

杯を大きく信長が傾けた。

「朝倉は負けそうになると逃げおった。いや、冬になるだけで退く。あの臆病者を誘い出すのにどれだけのときがかかったか」

「朝倉は越前の雄だと聞いておりましたのに」

森坊丸がため息を吐いた。

「金ケ崎の退き戦は聞いていよう」

「はい。羽柴筑前守さまが、何度も何度も誇らしげにお語りくださいました」

「ふん、はげ鼠め。己一人の手柄でもあるまいに」

信長があきれた。

金ヶ崎の退き戦とは、信長最大の危難と言われたものである。朝倉義景を討つため、越前へ進行していた織田軍の背後で味方の浅井長政が寝返り、信長を挟み撃ちにしようとした。浅井長政のもとへ嫁していた妹お市の機転で難を知った信長はその場で軍勢を解散、わずかな供だけを連れて逃げ出した。

大将が逃げた。これでは軍勢が保てない。それこそ蜘蛛の子を散らすように兵が逃げ、陣形もとれなくなった軍は、朝倉の追撃で壊滅してしまう。それを防ぐには、軍勢が安全なところへ避難するまで、敵兵を引きつけておく役目が要った。負け戦、あるいは撤退のときにもおかれるこの軍勢を殿と呼んだ。

そして金ヶ崎での殿に名乗りを挙げた一人が、羽柴秀吉であった。

「徳川三河守さまも殿をなされたと」

森坊丸が徳川家康も殿にいたはずだと言った。

「殿のつもりではなかったろうがな。余が竹千代のもとへ、事情を報せるのを忘れてな。取り残されたのだ」

「それは……」

「無理なかろう。己が討たれるかどうかの瀬戸際ぞ。他人のことまで気がまわらぬわ」

咎めるような目をした森坊丸に信長が反論した。

「まあ、結果として、それが功を奏したしの。はげ鼠にはあるだけの鉄炮を持たせた。そこに、精強と言われる徳川の兵が加わったのだ。策がはまった、逃げる織田を狩るだけだと浮かれた朝倉勢を鉄炮で崩し、そこへ徳川の兵が突っこむ。逃げ癖の付いている朝倉は耐えきれず、それ以上後を慕ってこれなんだ」

信長が嗤った。

「まあ、それも悪かった。織田と徳川は強いと教えてしまったからな。朝倉の腰が引けたおかげで、越前を手にするまで三年もかかった。浅井が敵に回ったというのもあるが、たかが一国に三年だぞ」

「はあ」

「浅井は朝倉と一緒に滅ぼしてくれたが、浅井長政も愚かだった。余と朝倉を秤にかけて朝倉を選ぶなど、勘定ができぬにもほどがある。あのような愚か者と知っておれば、市をくれてやりはせなんだものを。さっさと滅ぼしておけばよかった」

「小谷城は山城で難攻不落でございましょう」

「いくら城が堅固でもな、城下との連絡を断たれれば、終わりじゃ。年貢を集められねば、家臣も養えぬ。なにより、己が飢える。知っているか、飢えほど悲惨なものはないぞ。人の本性が出る。他人の分まで奪って喰おうとする者、死んだ同僚の肉を口にする者、まさに地獄だ。堅固な山城ほど城下とは離れている。小谷城はその最たるものであった」

「では、なぜすぐに落とされませんでしたので」

織田は浅井の小谷城を攻めあぐんで苦労していた。森坊丸が当然の疑問を口にした。

「市が人質になっていたからの。でなくば、あっさりと小谷を干殺しにしてくれたわ」

信長が吐き捨てるように言った。

「お市さまのお身柄を慮られてのことでございましたか」

「……気に入らぬ顔をしておるな、坊丸。この期に及んで無礼などとは言わぬ。申したいことがあるならば、申せ」

納得していない顔をした森坊丸に、信長が許可を与えた。

「つやさまにはお仕置きなさいました」

「ふん、あの腐れ女か」

名前を聞いた信長が不愉快だと頬をゆがめた。

「あのような裏切りをする尻軽女と市を一緒にするな。余の息子を養子にと願いもらい受けていながら、武田に寝返り、息子を人質として差し出す。そのうえ、相手の将を夫として身体を開くなど、女の、いや、人の風上にもおけぬ」

吐き捨てるように信長が罵った。

つやとは、信長の祖父信貞の四女のことだ。信長の叔母にあたり、美濃岩村城主遠山大和守景任へ嫁した。遠山家は美濃の豪族として威を張っていたが、斎藤道三の台頭などで勢力を減じ、武田信玄の庇護を受けていた。

そこへ信長の父信秀がつけこんだ。尾張だけでなく三河にも勢力を伸ばそうとした信秀は、後背の懸念を払拭するため、妹のおつやを遠山景任のもとへ嫁がせ、同盟を結んだ。

戦国一の美女とうたわれたお市とも血縁関係にあるだけに、おつやも容貌衆に優れた女であった。夫婦仲もむつまじく、完全に織田方へ取りこまれた遠山景任は、武田家の侵攻をよく防ぎ、信秀、信長の親子をよく助けた。

その遠山景任が武田信玄の上洛を前に、病死してしまった。また、不幸なことに遠山景任とおつやの方の間に子がなかった。

城主不在となった岩村城が不安定になるのは当然の結果である。このまま織田方に残るべきだと言う者、いや武田信玄が本気で織田を滅ぼそうとしている今、信長と心中するのは愚かだと主張する者が争い始めた。

「このままでは岩村城が保ちませぬ。なにとぞ、心柱となる信長どののお血筋をいただきたく」

「なんとかして遠山をこちらに引き留めておかねばならぬ」

叔母の願いを信長は受け入れ、五男の坊丸（ぼうまる）を岩村城に預けた。

そのおつやの方が、武田軍に岩村城が包囲されるなり、裏切った。坊丸を人質として武田信玄のもとへ差し出し、さらに己は武田の武将秋山信友（あきやまのぶとも）を夫とし、城主の座を明け渡したのだ。

「おのれ、つや。もう叔母でもない、一門でもない。あやつは仇敵ぞ」

顛末（てんまつ）を知った信長は激怒した。

二年後、長篠（ながしの）に武田家を破った信長は、岩村城を大軍で取り囲んだ。

「命は助ける。城を開け」

信長は岩村城を力押しせず、降伏を促した。

「申しわけなきことをいたしました」

滅んではいないが、武田に岩村城を救援する力はない。岩村城にいた武田方の武将秋山信友とおつやは降伏した。

「殺せ」

命を助けてもらった礼を述べに来た秋山信友を信長はだまし討ちにした。

「捕らえよ」

続いて信長はおつやを捕縛させた。

「助けると言うたではないか」

信長の前まで引き出されたつやがわめいた。

「城を明け渡すまでは生かしてやったぞ」

「詭弁を……」

「どちらがだ。余の息子をよくも武田に売り飛ばしてくれたな」

まだ文句を言おうとしていたつやの口を信長は封じた。

「そのうえ、敵将に股を開くとは。織田の一族とも思えぬ」

「生きるためじゃ。乱世で女が生き延びるには、強い男にすがるしかない」

氷のような目で見る信長へ、つやが反論した。

「あいにくであったの。秋山は、いや、武田は弱かった。残念だったな。おまえはまちがえたのだ。余は生き残った」

信長は嘲笑した。

「……」

「逆さ磔にいたせ」

呆然となったつやの処置を信長が命じた。

「はっ」

ただちに兵たちが、つやを引き立てていった。

逆さ磔は、その名のとおり、頭を下にして柱にくくりつける。

「足を開かせろ」

「それだけは……」

逆立ちの状態で足を開けば、どうなるか。女として耐えられない屈辱につやが泣いた。

「とっくに遠山大和守も冥府で泣いているわ」

「どうすればよかったのじゃ」

「坊丸を逃がし兵を連れて尾張へ退けばよかったのよ。一時、敵に城を明け渡すのは戦国の常。城はあとで取り返せばすむ」

訊いたつやに信長が答えた。

「岩村が敵になったことで、余の予定が二年遅れたわ」

信長がつやをにらんだ。

「二年、たった二年のために、妾は……」

「無駄な二年ぞ。その間に、織田の兵が何人死んだか。もう、よい。こやつの声を聞くのもうるさいわ」

信長が手を振った。

「ぎゃあ」

足軽の槍によってつやは貫かれた。

「死体は、河原に晒しておけ。そうじゃ、秋山の首を一緒にしてやるとよい。地獄でも一緒に苦しむがいい」

信長はつやを死後も辱めた。

「……」

経緯を語った信長に、森坊丸は黙った。

「市は、余に報せた。これが嫁いだ女のすべきことだ」

戦国乱世、親子、兄弟でさえ殺し合うのだ。姻族なんぞ、赤の他人よりましというていどでしかない。

一族の女を嫁がせる目的の一つが同盟の強化であることは確かである。と同時に、婚姻戦略として差し出した女による情報入手も狙いであった。

決別しないかぎり、嫁に来た女と実家の連絡は認めざるをえない。連絡を断てば、敵対すると教えるも同然だからだ。もちろん、遣（や）り取りの内容は確認される。妻から実家への手紙に、城の抜け道など書かれていては大事になる。となれば、さりげない時候の挨拶や近況報告のなかに、情報を紛れこますしかない。

市は、陣中見舞いとして手紙さえ付けない小豆の袋を信長へ贈った。これを疑うわけにはいかないし、信長を油断させるためにも、軍勢を起こすまでは通常の状況を装いたい。結果、浅井長政はこの袋を見逃した。

その袋の両端がしっかりと糸で綴じられている意味を信長は理解し、長政は気づかなかった。その差が奇襲をふいにした。

「一つまちがえば、市が死んでいた。内通と言われて当然だからな。だから、市は小豆袋などという婉曲な手立てを使わなければならなかった。が、市は織田の女としてすべきをした。敵将に組み伏せられて喜ぶようなつやと一緒にはできまい」

「はい」

猟奇的な仕置きをしたということを除けば、信長の対応は正しい。市とつやの扱いの差を森坊丸は納得した。

「つやの始末を終える前に、余を裏切った浅井長政の首は獲ってくれたが、あやつも愚かな奴よ。余の妹婿であれば、今ごろ近江だけでなく、越前、伊賀の三国くらいはくれてやったものを」

信長が浅井長政に矛先を向けた。

「殿、なぜ浅井長政さまは、裏切られたのでございましょう」

もののついでと森坊丸が問うた。

「ものが見えなかった。その一言に尽きる。長政は武に優れていたが、あまり賢い男ではなかった。少しでも未来が見通せるならば、余がどれほど浅井を優遇していたか気づいたであろうに。考えてもみよ。まだ京に織田の旗は立てていなかったとはいえ、市を嫁に出したとき、余は尾張と美濃の国主だったのだぞ。それが二十歳をこえるまで嫁に出さず、秘蔵してきた妹を近江半国をようやく維持できているていどの浅井にくれてやった。破格の待遇だとなぜ気づかぬ。それくらい頭が回らぬとは、滅んで当然であるわ」

信長が浅井長政を罵った。

「義昭公を京へ送り出すにおいて、近江の通行を確保するため、浅井と組まねばならなかったのでは」

森坊丸が世間に言われている話を出した。

「さきほども申したであろうが、小谷城など落とすに手間はかからぬと。聞いておらなかったのか、そなたは」

信長があきれた。

「申しわけございませぬ」

怒らせると信長ほど怖い相手はいない。森坊丸はあわてて詫びた。

「死を目前にして、怒るのもときの無駄遣いじゃ。許す」

「かたじけなき仰せ」

森坊丸が感謝した。

信長という人物は、短気に過ぎる。寵臣であろうが、身内であろうが怒らせれば、打擲(ちょうちゃく)された。いや、それですめばましであった。一度の失敗で命を奪われた者もいる。

まちがいなく後少しで死ぬとわかっていても、勘気を受けての死では、黄泉路の供は許されない。寵愛を受けた森坊丸が顔色を変えたのも当然であった。

「浅井に市を与えたのは、朝倉を抑えさせるためであったのよ」

「朝倉を……」

信長の言葉に森坊丸が驚いた。

「浅井が領しているのは近江の北半分だ。朝倉の本拠から京へ出るには、そこを通らねばならぬ。まあ、他にも道はあるが、大軍を動かすにはいささか不便である。浅井と朝倉には深い縁がある。それを余は利用するつもりでいた」

「そこまで朝倉をお気になさるのはなぜでございましょう。朝倉は一乗谷から出てくることさえ嫌がる臆病者でございましょうに」

素直な疑問を森坊丸が口にした。

「義昭はもともと朝倉に飼われていたのだ。そのとき、朝倉が義昭にどのような約束をしていたと思う。あの坊主あがりにだ」

もともと足利将軍十三代義輝の弟だった義昭は、お家騒動を避けるため出家させられて奈良の興福寺一乗院の住職をしていた。義輝が三好義継、松永弾正忠久秀の息子久通らに襲われて討たれた結果、一乗院を逃げ出し、還俗した。

このことから、信長は義昭を坊主あがりと呼んでいた。

「松永弾正に殺されかかった義昭は、己の身を守るため、必死だった。最初に庇護を求めた六角は三好に近いため、相手にしなかったが、朝倉は義昭を賓客として迎え入れ、いずれ上洛して将軍に就けてやると言った」

力などとっくの昔になくした足利幕府だが、その名前にはまだ利用価値があった。

形だけとはいえ、将軍は天下の武士すべてに命令できる。まだ将軍ではないが、十三代将軍の弟義昭には、その資格があった。

「まったく、兵を率いて京へ行く気もないのにだぞ。臆病な義景だったが、朝倉には名前がある。尾張の守護代あがりの織田と違ってな。名門朝倉のお陰で義昭はつけあがった。それこそ義輝公が死ぬまで、どの大名からも贈りもの一つ、書状一つもらったことのない義昭が、吾こそ天下の貴人と思いこんだ。そして、義景に頼りにしていると述べたのだ」

「頼りにしている……」

森坊丸が唾を呑んだ。

「わかったであろう。朝倉には坊主あがりの言葉がある。朝倉がしゃしゃり出てくれば、余は一歩退かねばならぬ。あの坊主あがりのろくでなしを京まで連れていった余が、朝倉の後塵を拝さなければならぬ。さすがにそこまでは遠慮せぬが、それでも最初に坊主あがりが、朝倉を頼ったという事実は消えぬ。坊主あがりには朝倉に喰わせてもらったという恩がある」

　苦い顔で信長が言った。

「殿、では、朝倉に上洛を求めたのは……」

　森坊丸が疑問を呈した。

「朝倉に上洛されては困ると今仰せになられましたが、それでは矛盾がございませぬか」

「よく気づいたの」

　信長が森坊丸の肩を叩いて褒めた。

「たしかに余は、義昭を将軍にして後、各地の大名へ上洛を促した。将軍家御座所の新設と御所の修復を手伝うようにとの名目でな」

　足利将軍の名前で出されたものは、天下の大名を三分した。

　一つは信長に与(くみ)する者たちで、言われたとおり上洛し、金あるいは人手を差し出した。もう一つは、信長を認めない者たちで、将軍親書を無視した。残りはどうなるかを見守ろうとする日和見(ひよりみ)で、行けない理由を書いた手紙を送りつけるだけで終わった。

「出て来られては困る。かといって朝倉だけのけ者にするわけにはいくまい。朝倉には、一応あの坊主あがりと縁があるからな。だからこそ浅井よ」

信長が口の渇きを癒すように酒を含んだ。

「浅井と朝倉は親しいというより、浅井は朝倉の助けで六角の圧力に耐えられた。いわば家臣のようなものだ。少し考えればわかる。なにせ浅井と朝倉の国境には朝倉の城だけしかない。これがなにを意味するかわかるか。浅井には朝倉の襲撃に対する備えがなかった。これからもわかろう。浅井は朝倉の配下、よくて寄騎(よりき)だった」

「そのような……」

森坊丸が初めて聞いたと驚いた。

「それを余は利用した。いや、そのために市をくれてやったようなものだ。浅井との間に隙を作り、朝倉を思うように動かすためにな」

にやりと信長が口の端(は)をゆがめた。

「………」

「わからぬか。無理もないな。そなたにわかるようでは、浅井も朝倉も引っかかってはくれぬ。なにより、あの陰謀好きの坊主あがりが気づくわな」

黙った森坊丸に、信長が続けた。

「市を通じて、織田と浅井は繋がった。家臣どもの交流も盛んになった。浅井のことも知れるようになったが、織田のなかも見透かされるようになった。そこでだ、上洛を要請したのは、いつまで経っても動こうとしなかった朝倉を、怒った将軍が咎めるためだとの話を浅井に漏らせばどうなる」

「浅井から朝倉に伝わる」

「そうだ」

森坊丸の答えを信長が認めた。

「浅井を朝倉の耳目として使うのが余の目的であった。少なくとも足利将軍家が京洛で襲われなくなるまでは、朝倉を亀にしておかねばならなかった。坊主あがりを将軍にした後、三好が坊主あがりの宿舎だった本圀寺を襲ったことがある。幸い、京都に預けていた日向や、余に与した摂津衆の働きで撃退できたが、同じことが繰り返されれば、織田、頼るに値せずと坊主あがりは揺らいだだろう。そうなったとき、坊主あがりは誰を頼る」

「朝倉」

「うむ。どれほど腰の重い朝倉としても、すでに坊主あがりは将軍として京に入っている。そのうえ、上洛の道を押さえているのは、家臣に等しい浅井だ。近江の六角もすでにない。楽々京へ上れるとなれば、あの腰の引けた朝倉義景も動こう。なにせ後顧の憂いがない。岐阜(ぎふ)から余が兵を率いて京へ向かおうとしても、浅井が邪魔をするのだからな」

「……」

　呆然と森坊丸が聞いた。

「そうなれば、またぞろ天下は遠くなる。今度は浅井を滅ぼさねばならなくなるうえ、将軍を朝倉に押さえられているのだ。あの坊主あがりだぞ、上洛させてもらった恩なんぞ、あっさりと捨てて、織田を滅ぼせとの教書を出しかねん」

「……あり得まする」

「そなたの父の死も、原因は坊主あがりじゃ」

　足利義昭の策謀に、織田家は散々悩まされてきた。姉川(あねがわ)の戦いで負けた浅井、朝倉は、しばらく軍を起こせないはずだった。

　その朝倉と浅井を見張るため信長は信頼する森坊丸の父可成(よしなり)を小谷城近くの宇(う)

佐山城へ配した。

しかし、痛撃を受け兵を起こせないはずの朝倉と浅井が、信長の隙を見て軍を起こした。足利義昭が朝倉と浅井を動かしたのだ。その結果、信長が頼りとしていた譜代の重臣森可成は朝倉、浅井の軍勢を抑えるために出陣、討ち死にしてしまった。

「そなたの父は惜しいことであったが……話を戻すぞ」

「はい」

話がそれたと言う信長に、森坊丸が従った。

「余も田舎者であったしの」

「殿が……」

「そうだ。あのころ、余は美濃を手に入れ、伊勢へと手を伸ばしかけたころであった。さすがに京へ至るには、近江、伊賀などの国を支配せねばならぬと知ってはいたが、天下がこれほど広いとは考えてもみなかった。近江を押さえ、京を手中にしたら天下は吾がものになると思っていた」

信長が自嘲した。

「だが、いざ京へ来てみれば、天下とはとてつもないものだと身に染みた。余の治めている国など、天下に比べたら指二本から三本分しかない。残りすべてがいわば敵じゃ。そのすべてを従わせなければならぬ。さらにあの得体の知れぬ公家どもよ。なんの力もないくせに、名分を好きにしおる。それに加えて寺社だ。神だ仏だと、いるかいないかさえわからないものを振りかざして逆らう。また、それに民どもが踊らされる。天下とはどれだけ遠いものかと思い知らされたわ」

面倒になった信長は杯を捨て、直接徳利から酒を呑んだ。

「ああ、久しぶりだ。最近は上品に茶の湯なんぞに浸っていたからな」

酒臭い息を信長が吐いた。

「遠いと知った。とはいえ、天下布武という印を使ってしまったのだ。今さらあきらめもできぬわ。かといってどれだけときがかかるかわからぬ。となれば、できるだけ無駄をせぬようにするしかなかろう」

「それはわかりまする」

森坊丸も理解した。

「大名どもは将軍の権威を使えば、どうにでもなる。公家たちは金を摑ませればすむ。問題は坊主どもであった。坊主たちは将軍以上の権威を持っているうえ、信徒たちから集めた金で裕福だ。余の言うことなぞ、相手にもせぬ。そちもも っと呑め」

徳利を信長が突き出した。

「頂戴つかまつりまする」

森坊丸が受け取った。

「ときの無駄遣いはできぬ。余は寝る間も惜しんで働いた」

「はい」

うなずいた森坊丸が徳利に口を付けた。

「だが、それを邪魔する者が出た。わかるか、わかるであろう。そうじゃ、坊主あがりよ」

酔い始めた信長が、一人で問い、己で答えを出した。

「飾りでいれば、贅沢をさせてやった。天下の政（まつりごと）などという面倒ごとなぞせずに、美食をし、美酒をあおり、美姫を抱く。男なら誰もが夢見る毎日を、余は坊主あがりに与えてやった。にもかかわらず、あやつは権まで欲しがりおった。強欲にもほどがある。おかげで、天下の大名に号令することができなくなった」

将軍を敵に回した大名から、名分は失われる。

足利義昭と決別した信長の状況は一気に悪化した。甲州（こうしゅう）武田、安芸毛利、越後上杉などの有力大名が敵に回った。

「武田や毛利、上杉はいい。最初から味方だとは思っていなかったしの。さらにどの大名も、直接織田の領国と境を接していない。もっとも近い武田でさえ、徳川が間にある。毛利は国から出ぬし、上杉は武田を放置したまま軍を出せない。しばらくは放置できた。その間に、美濃から播磨までをきっちりと治めれば、十分に対抗できる。そう思っていた矢先に、浅井が裏切った」

苦い顔で信長が森坊丸に手を出した。

「どうぞ」

森坊丸が徳利を返した。

「……ふうう」

信長が徳利から喉へ酒を流しこんだ。

「浅井に裏切る度胸はないと思っていた。朝倉の後押しがあっても、直接織田と対峙するのは浅井だからな。浅井の戦力では、とても織田に敵せない。余が朝倉を攻めたら、これを好機として独立すると思っていた。天下人にもっとも近い余の妹婿じゃ。いずれは相応の領土と地位を与えられる。きっと浅井は朝倉を見殺しにする。それがはずれた。坊主あがりのせいだ。裏で糸を引いたのだ。比叡山(ひえいざん)

と本願寺を巻きこみおった」

徳利をもう一度信長が咥えた。

「坊主ほど面倒なものはない」

信長が吐き捨てた。

「己たちも見たことのない極楽や地獄を口にして、民を欺く。仏に祈れば極楽へ行く。余に屈すれば地獄に落ちる。ふん、そんなものあてになるものか。だが、それを信じるのが民だ。民は我らが住まいするこの大地が丸いものだとは知らぬ。海の向こうに我らをはるかにこえる文明があることもな」

新しもの好きの信長は南蛮から地球儀を手に入れており、地球が丸いことを知っていた。

「大地は大きな亀が支えている。地揺れは大なまずのせいだ。こんな馬鹿なことを信じている素直な民たちを坊主どもは利用する。生きている間より、ずっと長い死後を持ち出されたら、民がそれにすがるのは当然じゃ。そして、民の気持ちを無視しては大名もやっていけぬ。三河一向一揆の徳川を見ればわかろう。忠義しかないような三河の者どもも、一向一揆と家康が敵対した途端、主家を見限った。なんとか和議をなして家康は生き延びたが、大名といえども家臣の意見は聞かねばならぬ。浅井長政は、比叡山が味方になると知って、天秤を余から朝倉へ傾けおったのよ」

悔しそうに信長が頬をゆがめた。

「あれがなくば、余の思い通りに浅井が朝倉を見捨てていたら、比叡山も動けなんだであろう。本願寺とはいずれ決別するつもりでおったが、それでも余の天下は五年前になっていたはずだ」

「殿……」

「信玄も謙信も死んだ。関東の北条とは手を結ぶ。四国の長宗我部なぞ、鎧袖一触じゃ。海で囲まれた四国では援軍の求めようもないからな。中国の毛利も落とす。信玄亡き武田、謙信のおらぬ上杉なんぞ、鉄炮を集めればさほどの難物ではない。本願寺も周囲の国をすべて吾がものとすれば、信者からの布施も届かなくなる。金も米も来なくなったら贅沢に慣れた破戒僧どもは簡単に干上がる。本願寺が折れれば、根来も保たぬ」

狂った予定を信長は羅列した。

「そのすべてが、浅井長政の裏切りで潰えた。浅井、朝倉で手間取ったおかげで、坊主あがりを増長させてしまった。大名を連結させれば、織田に勝てるなどと思いおった。己には戦うだけの力も気力もない御輿だとわかっていながら、他人を頼ればなどとむしのよいことを考えて……」

信長が足利義昭を罵った。

「浅井のことは悔やんでも悔やみきれぬがな。長政も親爺の久政も朝倉義景も首にしてくれた」

姉川の合戦、比叡山焼き討ちなどを経て、信長は浅井、朝倉を滅ぼした。

「しかし、その影響は深かった」

また信長がため息を吐いた。

「松永弾正忠久秀、荒木摂津守村重、別所侍従長治、波多野左衛門大夫秀治、三好左京大夫義継らが、一度は膝を屈しておきながら、余の状況を見て寝返りを打ちおった」

「なぜ、皆、殿のもとへ来ておきながら、裏切るようなまねを」

森坊丸が不思議だと尋ねた。

「これも坊主あがりにそそのかされたのだ。まったく、他の者はともかく松永弾正と荒木摂津守は、坊主あがりごときに誑されるとは思っておらなんだ。松永弾正は、坊主あがりの兄で十三代将軍だった義輝公を襲殺するよう息子に命じた張本人だぞ。兄を殺し、興福寺の一乗院の住職だった義昭を幽閉した。坊主あがりが名実ともに天下人になったら、真っ先に首を討たれるのが松永弾正だ」

「はい」

森坊丸も同じ意見であった。

「坊主あがりにしても、松永弾正は信用できまい。いつ、兄と同じ目に遭うかわからぬのだからな。なにより、余は松永弾正を重用したぞ。一度は刃向かったが領地を安堵してやったし、裏切りも許してやった。わけがわからぬ」

松永弾正の行動を信長は理解できないと述べた。

「将軍という権威を殺し、東大寺(とうだいじ)に火をつけて大仏を焼く。どちらも畏れを知らぬ行動。松永弾正ならば、余のやりたいことを理解できる。松永弾正を京に近い大和に置いたままにしたのは、うるさい坊主どもを抑えさせるため。もう一つ、いつでも殺せるのだぞと京の坊主あがりを脅すため」

信長は一度そこで口を閉じた。興奮を鎮めようと、大きく息を吸った。

「なにより、大和を松永弾正に任せていたのは、浅井のために近江が通行路として使えなくなったとき、伊勢から伊賀を経て大和へ進み、南から京へ入るためであった」

「…………」

「わからぬか。わからぬであろうなあ」

反応の薄い森坊丸に、信長が力なく微笑んだ。

「松永弾正は権威だけで力なきを認めぬ。もし、織田家に朝敵という烙印が押されたとき、余は弾正に御所を襲わせるつもりであった」

「なっ、なんという」

森坊丸が絶句した。

「天下を吾がものにするには、将軍を手に入れるだけではまだたらぬ。将軍はすべての武家に命を下せるが、それは征夷大将軍という役を朝廷から与えられているからだ。つまり、この国の真の支配者は朝廷、帝なのよ。余が支配している間はよいが、浅井の裏切りのようなことがあり、織田の力が京へ届かなくなったとき、朝廷を動かせる輩が、帝の名前を使って、余を朝敵にさせるかも知れぬ。それが大名なればよい。武力でぶつかり、京から追い落とせばすむからの」

外の喧噪がより激しさを増した。信長はそれを気にせず、語り続けた。

「だが、言いだしたのが五摂家だったときは、いささか面倒になる。あやつらは口先だけで天下を動かす。それだけのものを持っておるし、使いどころを知っておる。捕まえて首を切ると残った公家どもが全部敵になる」

「そういうものなのでございましょうか」

森坊丸はまだ若い。信長にとって信頼する家臣ではあるが、朝廷への使者などといった役目を果たしたことはなかった。

「余が第六天魔王ならば、あやつらは鵺（ぬえ）よ」

比叡山や一向宗を弾圧した信長のことを僧侶たちは仏道を阻害する天魔と誹（そし）った。

「天魔などという小物ではないわ。余は第六天魔王である」

逆に信長は、自ら仏敵であると宣し、一層の圧力を抵抗する者たちへかけた。

そして鵺とは、猿の顔、狸の胴体、虎の手足、蛇の尾を持つという妖怪である。平安の終わりごろに京洛へ出現、怪異をなした。弓の名手 源 頼政（みなもとのよりまさ）によって退治されたが、その後も祟（たた）りをなしたとされ、都人からいまだに怖れられている。

信長は得体の知れない公家を妖怪にたとえた。

「鵺の退治は武家の仕事らしいが、祟られては面倒だ。源頼政は後に平家に戦いを挑んで討ち取られている」

信長は鵺退治の後日談を冗談のような口調で言った。

「鵜ならばまだいい。日向はようなさぬだろうが、はげ鼠ならばしてのけよう」

「羽柴筑前守さまならば、五摂家でも怖れぬと」

「あやつはなによりも余の怒りを怖れている。いや、余から見限られるのを怖がっている。余が目を掛けねば、はげ鼠はずっと足軽小者のままであったからな」

羽柴筑前守秀吉のことを信長はあるていど信用していた。

「だが、はげ鼠でもそれ以上はできぬ。あやつは、余よりも大きな権威には立ち向かえぬ」

「殿以上の権威……」

森坊丸が怪訝そうな顔をした。

「五摂家よりも上……まさか」

はっと森坊丸が信長を見た。

「朝敵の勅令を出すのは帝。その帝を弑逆することができるのは、余と松永弾正だけじゃ。権六にも五郎左にも無理よ」

権六とは柴田勝家のことで、五郎左は丹羽長秀のことである。どちらも信長が尾張を支配する前から仕えている宿老であった。

「だからこそ、余は松永弾正の価値を認め、何度裏切ろうとも許してきた。最期のときも余は平蜘蛛の茶釜を差し出せばすませてやると申したのに、松永弾正はなぜか自刃を選びおった。あやつに求めたものが厳しすぎたかの。兄をやれば弟も同じだと思ったのだが。余が天下を完全に掌握するまでは従ってもらいたかったわ。坊主あがりになにを言われたのか」

「……………」

森坊丸が震えた。

「荒木摂津守もそうだ。あやつなんぞ、余が坊主あがりを京から追放し、足利の幕府が倒れてから寝返ったのだ。天下への道筋が明らかに見えてきたのにもかかわらず、なにを考えたのか、わけがわからぬ」

信長も首を傾けた。

「そもそも荒木摂津守は、池田筑後守勝正（いけだちくごのかみかつまさ）の家臣であったのが、余のもとへ移ってきたのだ。それも余がやっと上洛を果たしたころで、まだまだ名の知れておらぬ時期にぞ。まさに先見の明があったと言えよう。本圀寺のおりも、駆けつけて戦いおったし、金ケ崎での殿もした。石山本願寺との戦いでも功績を立てておる。もちろん、十分に報いてやったぞ。摂津半国を預け、摂津守にも任官させてやった」

家臣に厳しい信長だが、働きには十二分な褒賞を出した。足軽小者であった羽柴秀吉を江州長浜の城主にしたのを始め、足利義昭に付いてきた明智光秀を丹波の国主に、流れ者だった滝川一益に甲州を預けたりと、派手な引き上げをおこなっている。

「居城の伊丹を西国指折りの堅城にすることも認めてやった」

伊丹親興を滅ぼして奪った伊丹城を荒木村重は、関東の雄北条氏の小田原城同様の惣構えを持つ難攻不落のものへと大改修した。当たり前のことだが、織田の家臣となった荒木村重が居城を改築するには、主君たる信長の許可と援助がなければできない。

その城で荒木村重は叛旗を翻した。

「だというに、あやつは余の覇道の邪魔をした。京と国境を接する摂津が不安定では、西国への出陣はもちろん、東国へも軍勢を送り出せぬ。まったく、伊丹城とその支城を落とすまで、余は思うように動けなかった。天正六年（一五七八）十月から天正八年七月まで、二年から無駄にされた。腹立たしいにもほどがある」

信長が憤った。

「荒木摂津守とは前後するが、丹波の波多野も同じよ。一度余に降ったならば、黙って従っておればよいものを、幕府などという、過去の遺物の価値に惑わされおって。足利将軍と呼ばれる連中を見てみよ。初代の尊氏からあの坊主あがりまでで十五人おるが、そのうち二人は家臣に襲われて首を討たれておる。さらに十三代義輝の後を受けたはずの十四代義栄にいたっては、京へ入ることさえできなかったではないか」

松永久秀、三好義継らによって足利義輝が殺されたあと、阿波の三好氏によって擁立された十四代将軍義栄は、阿波三好氏と三好義継、松永久秀の間に起こった内紛の影響で入洛できずにいた。そこに信長が足利義昭を連れて上洛、足利義栄はとうとう京の地を踏むことなく病死した。

「そんな幕府を頼ってなんになる。坊主あがりより、鉄炮足軽のほうがはるかに役立つ。感情よりも将来はどうなるかという勘定を優先せねばならぬのが大名であろう。少しは頭を使え」

信長が波多野秀治を罵倒した。

丹波の大名だった波多野秀治も、信長の勢いに屈し、一度はその配下に入った。だが、天正四年いきなり居城八上城に籠もり、織田へ敵対した。

信長は明智光秀に命じ波多野氏討伐をさせたが、地の利を得た波多野氏の抵抗は根強く、一年半からの期間を要した。

「波多野の娘婿の別所侍従もそうよ。播磨の東を任せるにたると思えばこそ、重用してやり、四位の侍従にまでつけてやった」

戦国大名の多くは五位が多い。信長の家臣でも柴田修理亮勝家、明智日向守光秀、羽柴筑前守秀吉など、そのほとんどが五位であった。

「その恩も忘れ、義父に呼応して反乱を起こすなど、愚かにもほどがある」

「毛利の誘いにのったのでございましょう」

森坊丸も信長の話に引きこまれ、外の争いを気にしなくなった。

「ふん。どうせ後ろで糸を引いていたのは坊主あがりだ。天正元年（一五七三）に、余は坊主あがりを京から追い出したからな。坊主あがりはその後、堺、鞆の浦を経由して毛利のもとへ落ちたとわかっている」

「では、別所どのも波多野どのも、将軍家の誘いで、殿に刃を向けたと」

「そうよ。まったく、ろくなことをせぬ。ちっ、空か」

徳利を持ちあげた信長が、二、三度振って、投げ捨てた。

「なんとか、裏切り者を滅ぼし、ようやく本来の覇道へ戻れる。毛利を落とし、中国を吾がものとし、その勢いをかって九州を攻める。同時に権六が上杉を、滝川が北条と手を組み、関東を制す。五年あればここまでいけたであろう。残るは奥州と羽州。それくらいは奇妙丸、いや今は織田の頭領となった信忠でもどうにかなる。天下、天下が見えた。そのときになって、またも裏切りに遭うとは……」

信長が歯がみをした。

「しかもきんか頭ぞ。喰うや喰わずの境遇から引き上げてやった余の恩を忘れおって」

怒りで信長の顔が真っ赤になった。

「やはり将軍家が、日向守さまを焚きつけられた」

「他にあるか。きんか頭に、自ら謀叛を起こすほどの度胸はない。あやつは気弱だからの。戦もうまく、民の慰撫もできる。しかし、人の上に立つだけの心構えがない」

「人の上に立つだけの心構えでございますか」

「そうじゃ。天下人にはな、大の虫を生かすために小の虫を殺す覚悟が要るのだ。いや、覚悟ではない。息を吸うように、飯を喰うように、当たり前のこととして、人の命を奪えなければならぬ。乱世をまとめあげるには、仁では届かぬ。今、人を殺そうとしている者を説得するような悠長なまねをしていては、間に合わぬのよ。また、更生を待っている余裕もない。ゆっくりと一人の面倒を見ておられるか。一日で数百の人が死ぬ。それが戦国ぞ。力で乱れた世は、力で正すしかない。情けは政の為ならずが、天下人になる者の条件よ。それをする度胸をきんか頭は持ち得ていない。持っていれば、斎藤義龍（よしたつ）ごときに追われて美濃から逃げ出すことも、朝倉で十年もくすぶることもあるまい。坊主あがりが朝倉に来たとき、それを好機として動いたはずだ」

明智光秀では、天下はまとまらぬと信長は断言した。

「己を知っているはずであろうに……情けないことよ。坊主あがりごときにそそのかされおって。おそらくは、織田は平氏（へいし）ゆえ征夷大将軍にはなれぬ。土岐源氏（ときげんじ）たる明智が新たな幕府を建てるべきだ。そなたになら将軍職を譲ってもよいなどと囁かれたのであろうよ」

「では、日向守さまは将軍家と連絡を」

「一時は仕えていたのだ。共通の知人などいくらでもあろう」

森坊丸の質問に、信長は答えた。

「無念なり」

「お先でございまする」

騒動はついに襖一枚向こうに近づいた。

「殿、もう保ちませぬ」

森坊丸が信長を急かした。

「わかっておるわ。油を持って付いて参れ」

信長が身につけていた絹の夜着を脱ぎ捨てた。

「どちらへ」

今さらどこへ行くのだと、森坊丸が戸惑った。

「白絹を身につけ、寝屋で死んでいれば、すぐに余とわかろうが。それでは意味がない。余の生死は不明でなければならぬ」

「なぜでございましょう」

「嫌がらせよ。きんか頭も、坊主あがりも、余が生きていては終わりぞ。本能寺におる忠勇な兵は少なくとも全滅するだろう。しかし、織田にはまだはげ鼠の率いる三万、丹羽五郎左に預けた三万、他にも権六、一益などの兵がある。余が生き延びていれば、それらを結集して反攻に出るのは当然。そうなれば、毛利の袖に隠れている坊主あがりも、京を一時押さえたきんか頭も敵うまい」

「たしかに」

森坊丸が納得した。

「なんとしてでも、きんか頭は余の死骸を見つけ出さねばならぬ。おそらく死んだだろうでは、不安で夜も眠れまい。吾が夢、天下を奪った連中に余は安眠を許さぬ。そのためには吾が死を秘す」

信長は寝屋からさらに奥へと移った。

「坊丸、油を徳利の半分撒(ま)け。床ではなく、襖にだ。その方が燃えあがる」

腰を下ろした信長が、指示を出した。

「残りの油は……」

言われたとおりに油を撒き、灯明の火を移した坊丸が尋ねた。

「腹を切った余にかけろ。面体(めんてい)もわからぬほどに焼くために」

信長が懐刀を抜いた。

「敦盛の謡(うたい)、人間五十年まであと一年であった」

「殿、最後に一つだけ、お教えをいただきたく」

信長の後ろに立った森坊丸が望んだ。

「なんじゃ」

「日向守さまは天下人たらずと仰せられました。ならば、殿亡き後、どなたが天下人たるのでございましょう。是非、お聞かせくださいませ」

森坊丸が答えを求めた。

「……毛利は動かず、四国、九州、関東以北の諸大名は京に遠い。背後の奥州が気になって北条も関東から出られまい」

少し考えた信長がどれも無理だと否定した。

「どなたも……」

「いや、三人おるな」

あきらめかけた森坊丸に、信長は指を三本立てた。

「権六、はげ鼠、そして三河守。この三人には、乱世を終わらせるだけの覚悟が、非情さがある。そして余という蓋が外れるのだ。遠慮すまいよ。残念だが、吾が息子たちでは遠く及ばぬ。かろうじて信忠が生きておればまだどうにかなるであろうが、抜かりないきんか頭のことじゃ。あちらも襲っておろうよ」

信長が目を伏せた。

「柴田さま、羽柴さま、徳川さま」

森坊丸が繰り返した。

「さて、誰がきんか頭の首を討つか。地獄できんか頭が来るのを待つとしよう。むっ」

懐刀を信長が恨みの逆腹の右に突き刺した。

「ぐっ……弟信勝から始まって、家臣光秀で終わる。吾が一生は裏切りの連続であった」

うめきをこらえながら、信長が述懐した。

「……坊丸、後は頼んだ」

刀を左に引き回した信長が、懐刀を抜いて首筋を断った。

「……はい」

森坊丸が信長の顔に油を垂らし、火を付けた。たちまち、肉の焦げる臭いが坊丸の鼻まで届いた。

「殿、拝領つかまつりまする」

信長の使った懐刀を、一礼した森坊丸が手に取った。主君と同じ刃で命を絶つ。信長の寵愛を受けた森坊丸最後の願いであった。

「……………」

じっと森坊丸は、信長が焼けていくのを見つめた。

「これならば……お言葉を果たせた」

人相がわからなくなったことを確認した森坊丸が微笑んだ。

「……今、お供を」

襖から天井へ燃え広がった火に照らされながら、森坊丸が懐刀で喉を突いた。

天正十年（一五八二）六月二日、尾張半国の主から天下へ手を伸ばした稀代の武将織田信長は京本能寺に滅んだ。

「探せ、なんとしても探せ」

焼け落ちた本能寺を前に明智日向守光秀が兵たちに厳しく命じたが、織田信長の死体は見つからなかった。

「殿は本能寺から無事に落ちられ、まもなく我らと合流なさる」

毛利との対峙をすばやく終わらせ、摂津まで大返しをなした羽柴筑前守秀吉は、信長存命を声高に広め、多くの武将を集めることに成功した。

死体を見つけられず、信長を討ち果たしたとの証を出せなかった明智日向守光秀は娘婿の細川忠興（ほそかわただおき）にも見限られ、山崎（やまざき）の合戦で秀吉に敗れた。再起をはかろうと逃げだした光秀だったが、山城小栗栖（やましろおぐるす）村で落ち武者狩りに遭い、助からぬと悟って切腹して果てた。

本能寺に信長を襲ってわずか十一日の命であった。

享年：四十九
（一五三四―一五八二）
戒名：総見院殿贈大相国一品泰巌大居士

　戦国武将で誰が好きか。インタビューなどでよく訊かれる。私はいつも答えに窮してしまう。松永久秀や宇喜多直家らの梟雄、竹中半兵衛、黒田官兵衛らの軍師、上杉謙信や武田信玄ら勇将、どれも違った魅力があって優劣が付けがたい。

　では、描きやすい武将は誰だと言われると、答えはすんなり出る。織田信長だ。

　織田信長ほどエピソードに事欠かない武将はいない。たしかにとてつもない出世をした豊臣秀吉、最後の好機を逃さなかった徳川家康など、話題の多い武将はいる。しかし、織田信長には遠く及ばない。なぜなら、豊臣秀吉も徳川家康も天寿をまっとうしているからだ。

　昨今、豊臣秀吉も徳川家康も毒殺であろうという説も散見されるが、記録に残っている病状を見れば、どちらも消化器系の癌の疑いが濃い。

　話を織田信長に戻す。

　織田信長は覇業の途中で配下の謀叛に遭い、非業の死を遂げた。死体が確認されていないため、本能寺で亡くなったかどうかは不明だが、歴史の舞台からは消えた。

もっとも天下統一まであと少しと言われているが、討伐軍を組織した四国、秀吉が担当していた中国はまだしも、九州、北条以外の関東、越後、奥州は手つかずであり、まだまだ道半ばであった。

しかし現実、京を押さえていたのはたしかであった。だからこそ、信長は油断して明智光秀の軍勢に襲殺されてしまった。

そのことを知ったとき、信長は「是非に及ばず」と言ったと伝わる。信長とともに本能寺に籠もった家臣たちは、全滅している。誰がこの言葉を伝えたか……これも謎だが、やはり最大の謎は信長の死体が見つからなかったことだろう。

明智光秀にしてみれば、信長を殺せたかどうかは、まさに謀叛が成功したかどうかの瀬戸際になる。おそらく必死で焼け跡を漁(あさ)っただろう。それでも見つからず、明智光秀は、信長が生きて本能寺を脱出しており、こちらに合流すると嘘を吐いた秀吉に負ける。

信長を殺したと証明できなかったため、明智光秀に与する者が増えなかったことが、山崎の合戦の大きな敗因となったのはまちがいない。

自分の死体を隠す、こうすることで信長は、間接的に明智光秀への恨みを晴らしたのではないだろうか。

持替腹

狩野融川

幕府御用部屋で、老中の松平伊豆守信明、牧野備前守忠精、土井大炊頭利厚、青山下野守忠裕が火鉢を囲んでいた。

「皆も知っておるように今度朝鮮との通信使が参ることになった。それにかんしての実務を担う宗対馬守からの書状じゃ。閲覧いたせ」

二度目の老中首座を務める松平伊豆守が、手にしていた書付を右隣にいた牧野備前守へと渡した。

「拝見」

牧野備前守が素早く中身をあらため、隣の土井大炊頭へと差し出した。

「……………」

無言で受け取った土井大炊頭も同じように手早く確認をすませ、青山下野守の掌の上に置いた。

「……終わったならば、返せ」

青山下野守から松平伊豆守が取り戻した。

「さて、一同、意見があれば申せ」

書状を懐へとしまった松平伊豆守が、尊大な態度で促した。

老中は幕府のすべてを決定する実力者である。幕府を思うがままにできるということは天下を好きに動かせることでもあった。

「朝鮮が認めたならば、よろしいのでは」

最初に牧野備前守が発言した。

「いや、慣例を破るのはいかがなものか」

青山下野守が制止した。

「難しゅうござる」

土井大炊頭がすぐに決められぬと首を左右に振った。

老中たちは合議しなければならないとき、御用部屋中央に据えられた大きな火鉢を中心にした。

この火鉢は夏場でも片付けられることはない。火鉢の灰に火箸で文字を書けば、周囲に知られることなく、情報などの遣り取りができる。事後は火箸で灰を均してしまえば、反古(ほぐ)のように他人の目に留まることもない。

御用部屋には同じ老中同士でも知ってはいけない用件もある。

もっとも今回は、密談ではなく、合議のために火鉢を囲んでいた。

「ご当代の上様が、大樹(たいじゅ)の地位に就かれて、早二十年をこえた。本来ならば、ご就任と同時に通信使を招くのが慣例であるが、今度(このたび)は双方の事情により、今まで遅れていた」

「財政難を理由にした松平越中守(えっちゅうのかみ)どののご提案であったと聞いたが」

説明をし始めた松平伊豆守へ、牧野備前守が松平越中守定信(さだのぶ)のせいではないかと横から口出しをした。

「……すんだことだ。今更のことを言うより、上様への祝賀についてを語るべきであろう」

少し黙ってから松平伊豆守が、牧野備前守の抗議を拒んだ。

「むっ」

将軍の名前を出されては、それ以上言うわけにはいかない。牧野備前守が口をつぐんだ。

「しかしだな、伊豆守どのよ。いくらなんでも対馬で朝鮮通信使応接はまずかろう」

青山下野守が難しい顔をした。

徳川幕府と朝鮮王朝は、豊臣秀吉の侵攻以来途絶えていた通交を回復、将軍の代替わりごとに朝鮮から祝賀の使節が渡海してくるようになっていた。

その使節が、幕府、朝鮮王朝双方の財政逼迫を受けて、今回は長く延期されたうえ、経費節約のため、従来は江戸まで来ていたのを対馬で終わらせようとしていた。

「まさか上様に対馬までご出座願うわけにもいくまい」

朝鮮通信使は国と国を結ぶ、正式な使節である。従来は江戸まで来た通信使を将軍が謁見、朝鮮国王からの親書と贈りものを受け取り、代わって返書と土産の品を渡していた。しかし、対馬となればそうはいかなくなる。そのことを青山下野守が問題にした。

「老中の誰かが、上様の代行をいたせばすむ。我らにはそれだけの格がある」

松平伊豆守が気にするほどのことでもないと否定した。

「では、伊豆守どのがお出向きになるということでよろしいかの」

土井大炊頭が皮肉げな顔をした。

「老中首座が一月の上から、江戸を離れるわけにはいくまい」

松平伊豆守が、己は行かないと断言した。

「勝手掛の備前守どのも、そうとあればご都合悪かろう」

青山下野守が述べた。

勝手掛とは、幕府の勘定方を預かる老中であり、実質天下を差配している。年齢と経験だけで老中首座となっている松平伊豆守よりも、将軍家斉の信頼は厚かった。

「となれば、貴殿と私のどちらかとなりますな」

青山下野守と土井大炊頭が顔を見合わせた。

「お願いできようか」

牧野備前守が二人に頼んだ。

「そのときの状況次第になりましょうが、我ら二人のどちらかが出向きましょうぞ」

土井大炊頭が代表して引き受けた。

牧野備前守、土井大炊頭、青山下野守の三人は、十一代将軍家斉の取り立てで老中になった。対して松平伊豆守は、寛政の改革を推し進めていた松平越中守定信の腹心として幕閣に加わり、その失脚後しばらく後を受けて老中首座を務めていたが、松平定信の一党だと家斉から嫌われて罷免された。とはいえ、家斉の寵臣は若すぎて政を回せず、幕府の財政の悪化、施策の停滞などを招き、その対応のため、ふたたび老中首座に任じられて復帰した。

政治の手腕を見込まれての再登場だったが、松平定信が家斉に嫌われての辞任であっただけに、その引きで出世した松平伊豆守の立場も悪い。将軍から失政の後始末を押しつけられているようなもので、実質の権力は牧野備前守らに握られていた。

「そうしてくれ」

己が出て行かないと決まってしまえば、その話はどうでもいいと松平伊豆守が締めくくった。

「朝鮮通信使が対馬までとはいえ、参ることになった。朝鮮から将軍家への祝いの品が来る。となれば返礼の品がいる」

「当然でございますな」

朝鮮王朝と徳川幕府は対等な関係を建前としている。もらったら、相応の返礼をするのが慣例であった。

「なかでも早急に用意を始めねばならぬものがある」

「なんでござろう」

松平伊豆守の言葉に、土井大炊頭が首をかしげた。

「絵じゃ、絵」

「ああ」

「ございましたな」

若い老中らが思い出した。

「準備できておるのか」

松平伊豆守が、一同に問いかけた。

「すでに奥絵師へは通達ずみでござる」

「表絵師へは若年寄が申し付けたはず」

青山下野守の発言に、土井大炊頭が同意した。

奥絵師は狩野家の世襲でお目見得格、二百石内外の禄を与えられ、幕府の求める絵を描くのを仕事としていた。

狩野家はその祖を大織冠藤原鎌足の末葉二階堂山城守行政とする。伊豆国加茂郡狩野荘に住んだことから、狩野と称した。その狩野が画家としての名をなしたのは、寛正年間、京で性玄との画号で絵師となっていた四郎次郎正信が、足利将軍家に目をかけられ、銀閣寺の障壁画などを任されたことによる。

武家の御用絵師となった狩野家は、天下が徳川家のものとなると、本拠地を京から江戸へ移し、幕府お抱え絵師となった。

最初一家だけだったが、分家を立てることで増え、現在は宗家たる鍛冶橋狩野家、分家の中橋狩野家、木挽町狩野家、浜町狩野家の四家になっている。

なかでも浜町狩野家は木挽町狩野家から独立したもっとも新しい分家であった。

「間に合うかの」

後は朝鮮側と具体的な日時の交渉をするだけになっている。一年も二年も先の話ではなく、年内を幕府は想定していた。

「朝鮮通信使に我が国の絵を贈るのは、慣例になっている。それを今回からなくすというのは、国と国との遣り取りで、いささか恥ではないか」

松平伊豆守が難しい顔をした。

「急がせれば……」

土井大炊頭が奥絵師たちの尻を叩けばいいと言った。

「早く描かせるのはいいが、それで雑になっては本末転倒であろう。日本の絵はこのていどかと嘲笑されることにもなりかねぬ」

悪手だと松平伊豆守が否定した。

「しかし、そうなると……」

青山下野守が腕を組んだ。

「むう」

土井大炊頭も悩んだ。

「下手な絵を朝鮮へ持ち帰られ、かの地で本朝の文物を笑われるより、今回は見送って他のものを多めにするほうがましかも知れぬな」

誰も案が出せないのを確認した松平伊豆守が、やむを得ないと小さく首を振った。

「お待ちあれ」

絵の話になってから、ずっと沈黙していた牧野備前守が口を挟んだ。

「なにかの、備前守どの」

松平伊豆守が、牧野備前守を見た。

「絵ならば、上様より直接奥絵師どもにお命じになっておられまする」

「おおっ」

「さすがは上様でござる」

土井大炊頭と青山下野守が感嘆した。

「……」

老中首座たる己の知らないところで主君と寵臣が話を進める。このようなまねをされて、いい気はしない。松平伊豆守が不機嫌に口をつぐんだ。

「四家ともに絵を描かせておるのだな」

険しい顔のまま、松平伊豆守が確認を求めた。

「さようでござる。他に表絵師からも良きものを選びまする。そしてそのなかから名誉たる目録筆頭が出る」

牧野備前守が答えた。

「では、その批評の場を設けねばならぬな」

絵の出来不出来を確かめる機会が要ると松平伊豆守が提案した。

「形だけのものでよろしゅうございましょう」

松平伊豆守の言葉に、牧野備前守が首を横に振った。

「どういうことか」

発案を否定された松平伊豆守が声を荒らげた。

「どれを選ぶかはすでに決まっておりまする」

「なんだと」

淡々と言った牧野備前守に、松平伊豆守が驚いた。

「すべての狩野家に作画を命じたのは、慣例によるもの。代々の決まりごとを破るのは感心いたしませんからな」

先ほど同じことを言いながら、慣例破りを口にした松平伊豆守への痛烈な嫌がらせを牧野備前守が述べた。

「むっ」

松平伊豆守が鼻白んだ。

「海を渡って朝鮮国王のもとへ届くのは、本朝を代表する名作でなければなりませぬでな。上様が浜町こそ目録筆頭にふさわしいと仰せられました」

牧野備前守が言った。

幕府絵師にとって朝鮮通信使引き出物の筆頭に名前が載るのは大いなる名誉であった。

「競い合わせるのは、形だけか」

「……………」

松平伊豆守の嘆息に、牧野備前守が黙った。

「とにかく、間に合わねば意味がない。備前守、浜町狩野によく言い聞かせておけよ。いかに上様のご贔屓(ひいき)とはいえ、朝鮮通信使が対馬に来るまでにできあがっておらねば、話にならぬ。そのときは、他から選ぶことになるぞ」

「それはなりませぬぞ」

牧野備前守が反対した。

「融川寛信(ゆうせんひろのぶ)を上様はご推薦なさっておるのでござる」

寵臣にとって主君の意思は絶対である。牧野備前守が反対した。

「本朝のなかならば、すべては上様のお心のままである。しかし、今回は外国(とつくに)が相手ぞ。国と国とが遣り取りをして約束した期日を守らぬというのは、大きな問題じゃ」

「………」

正論に牧野備前守が沈黙した。

「外国に貸しを作るのはまずい。本朝と朝鮮は同格とされている。相手が格下ならば、多少の融通は利かせられるが、対等だとわずかな傷も大きな問題になる」

「そのていど、力で黙らせれば……」

牧野備前守が強い口調で言った。

「それがもとで朝鮮ともめ、通信使が今回で最後になってもよいのか」

「上様のご機嫌こそ大事である」

問うた松平伊豆守に、牧野備前守が断じた。

「十二代さまの御世、朝鮮から通信使が来なかったとしたら、上様はどう言われるのかの。朝鮮との交わりを潰した暗君と評されるぞ」

「それはなりませぬ」

家斉の名前に傷が付くぞと脅した松平伊豆守に、牧野備前守があわてた。引き上げてくれた主君に悪名がつく。これは寵臣たちの責任であった。

「そうなっては困るのだ。どうしても融川寛信の作品を使いたいのならば、良き作品を期日までに仕上げるよう、貴殿から厳しく申しつけておかれることだ」

「わたくしが……」

松平伊豆守の言いぶんに牧野備前守が不満そうな表情を浮かべた。

「奥絵師は若年寄の支配でござるぞ」

牧野備前守が担当外だと反論した。

「さようか。それならばそれでもよろしいが、若年寄の督促に融川寛信が従うかの。上様のご寵愛を受けている者が」

松平伊豆守が皮肉げに口の端をゆがめた。

「わたくしがいたしましょう」

牧野備前守が苦々しい顔でうなずいた。


幕府は、武力をもって立ち、儀礼によって保持される。

これはいつの時代も同じであった。

天下は武力を持った者でなければ手にできない。古くは神武東征から、源頼朝の鎌倉幕府、近くは徳川家康による江戸幕府がそうである。

しかし、武は続かない。いや、続いては困るのだ。武が求められるのは、天下が乱れているとの証であった。群雄が割拠し、力で近隣を蹂躙、人を殺してものを奪う。これでは、力なき人は生きていけない。武には武、力には力、より強い者がその威をもって他者を圧し、従える。

逆らう者は滅ぼし、頭を垂れる者は配下に組み入れる。

こうして一つの力は、周囲を吸収して大きくなり、最後は天下を飲みこむ。天下統一はかならずこの形を取る。

力で天下を奪ったのならば、ずっとそのまま続かなければならない。少しでも抵抗しようとする者がいれば、強大な力で押し潰す。それこそ、女子供まで含めて族滅にしてしまう。これを繰り返せば、いずれ誰も逆らわなくなる。

江戸幕府にしてみれば、天下は永久に徳川家のものだと宣言するのに、これほど簡単な方法はない。

しかし、これには大きな欠点があった。

天下人たる徳川家の代々が、優れた武将であるという条件が必須なのだ。

そもそも今の天下は、乱れていた乱世を三好長慶（ながよし）が、織田信長がまとめ上げようと動き、その流れを受け継いだ豊臣秀吉によってまとめ上げられた。ただ、秀吉が日本全土で満足しなかったため、天下は静謐（せいひつ）にならず、そこにつけ込んだ徳川家康によって奪われた。

三好長慶、織田信長、豊臣秀吉、そして徳川家康。よくも同じ年代に生まれたものだと思える英傑ばかりである。でなければ、乱世はまとめられなかった。天下の武を抑えられなかった。なにより、最後に徳川家康が出てこなければ、まだ乱世は続いていたかもしれない。それほど徳川家康は、いろいろな点で優れた人物であった。

徳川家康、あるいはそれに比肩する人物が、将軍であるかぎり、天下は安泰で続く。だが、世のなかは甘くはなかった。

世襲という枠組みを維持しようとする限り、いつか凡百あるいは無能な人物を将軍にせざるをえなくなる。豊臣秀頼が若すぎたため、徳川家康の策略にはまり、豊臣の天下を奪われた。それと同じことが、徳川家で起こらないとは言えないのだ。

力で天下を手に入れた者ほど、力の恐ろしさを知っている。

天皇家も、源も、足利も徳川もどうやって武の価値を下げ、力でなく天下を抑えていくかを模索した。

その結果が、礼法、知識、文化であった。

礼儀で縛り、知識で優劣をつけ、文化を褒美とする。こうして武よりも礼が上であるとし、力をないがしろにさせる。こうすれば、どれほど子孫が愚かであっても、将軍だというだけで最上級になり、他者を圧倒できる。生まれがすべてを決める。こうなるように歴代の天下人は苦心してきた。

もっともそれが天下人から武を奪い、新たな覇者を生み出したのだが、それでも数百年は保つ。

徳川家も同じ轍を踏んだ。

もともと戦国大名として、血まみれで生き残ってきた徳川家なのだ。礼儀も、知識も、文化もないがしろにしてきた。

関ヶ原で天下を取った、征夷大将軍になった、豊臣家を大坂に滅ぼした。さあ、明日から、茶道に親しもう、歌を詠もう、とはならない。礼儀、文化には知識という名前の素養がいる。

だからといって、一日で知識が身につくはずもない。そこで家康は、外から人を招いた。

その一つが絵師であった。

絵師というのは、力とは対極の仕事になる。どれほどうまく絵を描こうが、足軽一人殺せない。ようは乱世ではまったく意味のない職業であった。

それが泰平になると価値が変わる。

絵はなにも生み出さない。絵がうまいから米がよく穫れるというわけでもない。その絵に莫大な価値を見いだすのが文化になる。絵を持っているだけで、裕福だとの証明となり、文化に対する理解があると尊敬される。

絵に価値が生まれる。となれば、幕府こそ最高の絵師を抱えていなければならなくなる。そこで選ばれたのが、狩野家であった。

狩野家は寛正四年（一四六三）七月、性玄入道が京の相国寺塔頭雲頂院昭堂後門壁画の作製で世に出た。

その後も足利九代将軍義尚の依頼を受けたり、日野富子の要望に応えたりした狩野性玄あらため大炊助正信は、京において絵師として確固たる地位を築いた。

享禄三年（一五三〇）、正信が九十七歳の高齢で世を去り、その跡を息子の元信が継いだ。父正信にまさるともおとらなかった元信だが、時代が乱世と重なったこともあり、一時は生活にも困窮するようになった。それでも元信は精進を続け、天下に狩野の名前を知らしめた。元信の後は三男直信が受け、細々と狩野派の脈流を保った。

細りかけた狩野派を一気に隆盛させたのが、四代目となる直信の息子永徳である。織田信長、豊臣秀吉の庇護を受けた永徳は、安土城、大坂城の障壁画を手がけ、天下の絵師として活躍した。しかし、四十八歳の若さで世を去り、徳川幕府からの召喚を受けることはできなかった。

徳川家から江戸へ招かれたのは、永徳の次男孝信の長男探幽、次男尚信、三男安信であった。それぞれが鍛冶橋狩野家、竹川町狩野家、中橋狩野家を創設、徳川幕府のお抱え絵師となった。

お抱え絵師とはいえ、武を表芸にする幕府において、戦えない者は身分軽い扱いになる。狩野三家はお絵師と呼ばれるようになったが、その禄はわずか五人扶持(ぶち)でしかなかった。扶持とは玄米を一日につき五合支給することをいう。一人扶持で、概(おおむ)ね大人一人が生活できる。

狩野家は御用絵師という栄誉を与えられたが、金銭的、身分的には冷遇されていた。

その状況を変えたのが、竹川町狩野家常信(つねのぶ)の次男岑信(みねのぶ)であった。岑信は竹川町狩野家から独立、浜町狩野家を設立した。

六代将軍家宣(いえのぶ)に気に入られた狩野岑信は、別家の上、松平の姓を許され、奥医師並に引き立てられた。後、畏れ多いと松平の姓は返上したが、浜町狩野家は、幕府絵師のなかでも格別の家となった。

これを口切りとして、御用絵師は奥絵師、表絵師とに分かれた。

浜町狩野家五代狩野融川は、目の前に置かれた屏風を見つめていた。

「………」

もう三日も狩野融川は悩んでいた。

「御師さま」

後ろに控えていた弟子が、申しわけなさそうな声をかけた。

「…………」

「御師さま、せめてお食事だけでもお摂りくださいませ」

弟子が狩野融川に頼んだ。

狩野融川は反応しなかった。

「……うるさい」

狩野融川が反応した。

「ですが、もう、三日も飲まず喰わず、眠らずでは、お身体に障りまする」

怒鳴られた弟子は、それでも引かなかった。

「絵を完成させずして、絵師が生きている意味などないわ」

弟子の気遣いを狩野融川が拒んだ。

「御師さま……」

泣きそうな顔をした弟子が、両手を突いてうなだれた。

「おい、それよりどうだ」

狩野融川が隈(くま)のできた顔で、弟子に問うた。

「この新しい手法は、すごいであろう」

自慢げに狩野融川が両手を広げた。

「……はい」

「すばらしい出来でございまする」

「このような絵を見たこともありませぬ」

弟子たちが口々に称賛した。

「であろう、であろう」

狩野融川が満足そうに首肯した。

「愚昧(ぐまい)の苦労が、ここにある」

奥絵師は奥医師並である。そして奥医師と同じ法印(ほういん)という僧侶の位を持つ。絵師は僧体を取ることが多く、旗本でありながら拙者だとか、余などとは言わなかった。

「よく見ろ。どこかに足りぬところはないか」

狩野融川がもう一度弟子たちに問うた。

「ございませぬ。御師のお筆は完璧でございまする」

最初に声をかけた弟子が、代表して答えた。

「じゃの」

ようやく狩野融川が納得した。

「朱をよこせ」

狩野融川が、右手を出した。

「ただちに」

弟子たちが大急ぎで動いた。

幕府奥絵師のもとには、多くの弟子がいた。純粋に絵の才能を認められて弟子入りを許された者、実家が裕福で跡継ぎでもない次男以下なら好きにすればいいと甘やかされた者、絵師ならば家柄は関係なく出世できるという野望を持った者など、いろいろな連中が狩野融川のもとに集まっていた。

「朱皿でございまする」

辰砂(しんしゃ)を溶かした朱墨を弟子が狩野融川の手が届くところに置いた。

「お筆を」

馬の尻尾で作った細筆が別の弟子によって、狩野融川の右手へ渡された。

「うむ」

受け取った狩野融川が、ふたたび屏風絵へ集中した。

「……………」

弟子たちが固唾を呑んで見守るなか、狩野融川はかなりの間、動かなかった。

「よしっ」

不意に大声をあげた狩野融川が、筆先を朱墨に浸し、穂先を皿の縁で整えると屏風絵の右下端から二寸（約六センチ）ほどのところに名前を入れた。

「……できた」

狩野融川が、大きく息を吐いた。

「おめでとうございまする」

「心よりお祝いを申しあげまする」

弟子たちが絵の完成を祝福した。

「……………」

画面の隅に入った朱をもう一度狩野融川が見た。

「起こせ」

「はっ」

「はい」

狩野融川の指示に、弟子たちが寝かされていた屏風を立てた。

「折るな。まっすぐにせい」

屏風は山折り、谷折りを繰り返して自立する。それでは折り目のところが見にくくなる。狩野融川は屏風絵を一枚のものとして確認したがった。

「手を貸せ」

「おう」

そうなると二人やそこらではきびしい。後ろに回って支える者が何人か要った。もし、しくじって倒しでもしたら、大事になる。

「うんうん」

一枚の絵となった屏風を狩野融川が、離れたり、近づいたりしながら確認した。

「折れ」

「はいっ」

急いで弟子たちが屏風を本来の姿にする。

平面だった景色が、一気に変化する。一枚の絵だったものに、陰影が加えられて、別のもののようになった。

「うむ。いい」

狩野融川が大きく納得した。

屏風は本来、仕切りとして使われるものだ。その仕切りに絵を描いたのが、屏風絵であった。

仕切りとしての用途のため、自立した形で完成するのが屏風絵である。山折り谷折りを加えて、一枚の絵とするのが製作の心得であった。

できるだけ折れるところに人や船を配置しない。折れたところは山折りだと、途切れるし、谷折りになると見えなくなる。それも景色として取り込む。それができなければ屏風絵を描く資格はなかった。

「違って見えるの」

「はい」

別に問いかけたわけでもない狩野融川の独り言に、弟子が応じた。

「平面として一枚の絵、屏風としてまた別の絵。お見事でございまする」

弟子が褒めた。

「丸二年かかった」

「お疲れさまでございました」

嘆息した狩野融川を弟子がねぎらった。

「すべての依頼を放り出して、この一枚にすべてを注ぎこんだ」

狩野融川が愛おしそうに絵を見つめた。

「勝てるな」

「もちろんでございまする」

「御師の作品以外が選ばれることなどありえませぬ」

確認を求めた狩野融川に弟子たちが一斉に応じた。

「木挽町にも負けぬな」

竹川町にあった狩野家は木挽町へ移転、呼称が変わっている。

「決して」

「鍛冶橋など相手にならぬな」

「お足下にも及びませぬ」

「中橋はどうだ」

「お訊きになるまでもないこと」

他の奥絵師の名前を出した狩野融川に、弟子たちが保証した。

「じゃの。愚昧の勝ちじゃ」

狩野融川が笑った。

今年で狩野融川は三十八歳になった。三十一歳で絵師最高の法眼となり、探幽の再来、永徳以来の筆使いなどと称賛されてきた。

六代将軍家宣によって、奥絵師の触れ頭として別家した浜町狩野家の四代閑川昆信の息子として生まれ、絵だけでなく、和歌、詩をよくした。

「三日後であったの」

「はい。朝四つ（午前十時ごろ）までに、伝奏屋敷へ運びこめと、御上から通達が来ておりました」

確かめた狩野融川に、弟子が答えた。

「わかった。手抜かりのないように、手配をいたせよ」

「お任せをくださいませ」

念を押した狩野融川に、弟子たちが首肯した。

伝奏屋敷は、和田倉御門外にある。主として勅使や朝鮮通信使などの接遇に使われるため、普段は閉鎖されている。

そこに幕府老中と奥絵師を管轄する若年寄、監察役の目付が寄っていた。

「本日は、ご参集いただきありがたく存じまする」

庭に面した廊下に狩野融川が手を突いて、座敷に居並ぶ顕職(けんしょく)たちに挨拶をした。

「そちが狩野法眼融川であるか」

老中首座として、中央に座していた松平伊豆守が問うた。

「初めてお目通りをいただきまする。狩野融川めにございまする」

顔をあげることなく、狩野融川が名乗った。

御三家でさえ敬称を付け、道を譲る老中の権威はすさまじい。奥絵師など老中の機嫌次第で、簡単に潰されてしまう。

狩野融川の態度は、当然のものであった。

「我らは御用で忙(せ)しい。さっそくに屏風を見せよ」

松平伊豆守が急かした。

「はい。では、畏れいりまするが、隣室に用意をいたしておりまする。どうぞ、そちらでおあらためを願いまする」

狩野融川が移動を求めた。

「我らに動けと申すか」

聞いた松平伊豆守の機嫌が悪くなった。

「申しわけもございませぬが、屏風絵は大きく、こちらに持参して開くとなりますれば、邪魔にもなりましょうし、埃(ほこり)もたちまする」

理由を口にして、狩野融川が松平伊豆守を説得した。

「それほど大きいのか」

松平伊豆守が訊いた。

「朝鮮に上様のご威光を見せつけねばならぬとのことで、普通の屏風よりも二回りほど大きく仕上がっておりまする」

牧野備前守が狩野融川に代わって告げた。

「上様のご威光……」

そう言われては、これ以上文句を付けるわけにはいかない。だが、松平伊豆守は眉間にしわを寄せた。

「わかった。案内せよ」

松平伊豆守が立ち上がった。

「ありがとうございまする。どうぞ、こちらへ」

もう一度頭を下げて、狩野融川が先導した。

絵を見るのは光が重要であった。一方から入る光だけでは、特定の場所に影ができてしまう。それを意図して絵を描くときもあるが、それは壁画のように動かないもののときだ。

絵を見るときはできるだけ光の多いところがいい。

屏風絵は正面に向かって左側が、大きく開いた角部屋に置かれていた。

「こちらでございまする。近江八景を屏風のなかへ閉じ込めておりまする」

狩野融川が自慢げに胸を張った。

近江八景は、琵琶湖付近の名所のことだ。瀬田の夕照、三井寺の晩鐘、石山の秋月、粟津の晴嵐、矢橋の帰帆、比良の暮雪、唐崎の夜雨、堅田の落雁のことを指す。

季節、刻の違う風景を一つにする。

描くだけなら誰にでもできるが、差のある景色を違和感なく一つにし、一枚の風景に仕立て上げる。それでいて、一つ一つの題材を殺さずに生かす。

相当な画力が要る。

「これは……」

「……見事なり」

縁側に並んで立って、屏風を見ていた老中たちからため息が漏れた。

「でかしたぞ。融川」

牧野備前守が大声で讃えた。

「これならば、上様もご満足なさろう」

朝鮮通信使への引き出物を将軍が直接見ることはない。将軍が見るのは、目録に記された『近江八景屏風図』という文字だけだった。

「余から、上様によくお話し申しあげておくぞ」

「ありがとうございまする」

狩野融川が喜んだ。

将軍家斉の信頼厚い牧野備前守が、狩野融川の屏風図の出来を褒めて報告してくれれば、なにかしらの褒美が与えられる。

信賞必罰は政の根本になる。うまくいけば加増、悪くても報奨金はもらえた。

「いかがかな、ご一同」

牧野備前守が、他の重職たちに同意を求めた。

「よろしかろう」

「問題はございませぬな」

土井大炊頭と青山下野守がうなずいた。

「けっこうでござる」

「備前守さまのお考えどおりに」

若年寄たちも賛成した。

「では、これにて内見会を終了いたしたく存ずる」

牧野備前守が終わりを宣言した。

「待て」

ずっと黙っていた松平伊豆守が、声を出した。

「なにか、異論でもございますかの。絵柄もよく、なんの問題もないと思いますが」

牧野備前守が戸惑った。

朝鮮通信使への引き出物として出される絵は、日本の名所旧跡、あるいは中国の故事来歴を描くのが慣例であった。

今回の依頼も、それぞれの狩野家に出されているが、やはり名所旧跡、故事来歴という注文であった。

「他の狩野家のものと比べて、特に優れているとは思えぬ。どころか、余の目には劣って見える」

松平伊豆守が厳しく言った。

朝鮮通信使への屏風絵は、奥絵師四家に命じられる。どこの家からも一双、屏風二つ分を提出させる。

今回の朝鮮通信使引き出物屏風絵のとりまとめは、木挽町狩野家八代当主伊川院栄信へ文化五年（一八〇八）正月二十八日に命じられた。

「いかがなさる」

幕府御用を受けた伊川院栄信が、木挽町の屋敷へ他の奥絵師を招いて、画題をどうするかの話し合いを始めた。

当たり前のことだが、同じものを描いてはまずいのだ。どうしても同じものだと優劣が露骨に出てしまう。

「鍛冶橋の何々より、木挽町のものが優れておる」

こう言われれば、鍛冶橋狩野家の名前が落ちてしまう。

このような事態を避けるため、あらかじめなにを描くのか、一同で話し合いをするのだ。

「愚昧は頼信海渡と義家雁の列と、大和山水の二つとさせてもらおう」

木挽町狩野家伊川院栄信が口火を切った。今回の朝鮮通信使引き出物屏風絵のとりまとめをする伊川院栄信は一人で二つ担当すると言った。

「頼朝富士（ふじ）巻き狩りの図といたす」

「ならば、わたくしは唐船図と古梅木に月の図を」

狩野一門の本家とされる鍛冶橋狩野家の探信守道（たんしんもりみち）に続いて、中橋狩野家祐清邦信（ゆうしんくにのぶ）が手をあげた。

「では、博雅三位（はくがのさんみ）琵琶伝、時秋箏曲（そうきょく）伝授に挑ませてもらう」

狩野融川が題目を決めた。

「残りは表絵師どもに、任せてよろしいな」

朝鮮通信使への引き出物として出される屏風は十双とされている。木挽町狩野家伊川院栄信が二つ描くので、残り五つを表絵師が分担することになる。

そのなかから目録筆頭が出る。

こうして題材の相談は終わった。

そして狩野融川以外のものは、すでに老中たちの検分を終え、了承が出ていた。狩野融川のものだけが今日になったのは、単純に描き終わるのに手間がかかったからであった。

「どこがよろしくございませぬか」

狩野融川が松平伊豆守に不満のところを問うた。

競うようにして題材を描くとはいえ、一門同士である。作品ができあがった段階で、それぞれに見ている。

狩野融川の近江八景図も、他の三家に見てもらっている。そのとき、苦情などは一切出なかった。当たり前である。将軍を通じて朝鮮へと贈られる作品なのだ。迂闊(うかつ)にけなすわけにはいかない。しかも題材についてはすでに了承ずみなのだ。文句を付けるとなれば、絵の出来になる。

「下手くそめ」

「なにを言うか」

絵師が絵師を貶(おとし)める。町絵師ならば、互いに罵(のの)り合っても問題にならない。どころか、世間の話題になってくれれば、それが評判を呼ぶ。

しかし、奥絵師となればそれではすまなかった。

徳川幕府から禄をもらって絵を描いている。すなわち、絵の技量に対して禄が支払われていることになる。それをけなされるのは、武士が家名を傷つけられるにひとしい。黙って聞き逃すわけにはいかなくなる。

奥絵師で法眼という僧侶扱いを受けるとはいえ、将軍家へ目通りできる旗本でもあり、両刀を差すことも許されている。

形だけとはいえ、武士なのだ。名誉を守るためには、相手を討つしかなくなる。技量への誹りは絶対にしてはならない。

とはいえ、将軍の目に留まるようなものの場合、なんでもいいというわけにはいかなかった。題材を突き合わすのも、互いの作品が重ならないようにするのと同時に、ふさわしくないものを描かせないようにするためであった。

武家には忌むものがある。

裏切りや切腹を思わせるようなもの、血や病などの汚れを描いたものはまずい。

さすがに奥絵師でこのようなものを題材にする者はいない。

つまり、狩野融川の作品は、すでに合格となっているのだ。それに松平伊豆守が異を唱えている。さすがに老中首座の反対があるとなれば将軍のお声がかりとはいえ目録筆頭にはできなくなった。

「伊豆守どのよ。狩野融川は上様のお気に入りである」

牧野備前守が松平伊豆守を抑えようとした。

「……上様の」

松平伊豆守の声が低くなった。

狩野融川の浜町狩野家は、六代将軍家宣から最初に奥医師格を与えられ、奥絵師の触れ頭とされた。

しかし、浜町狩野家は木挽町狩野家の分家であり、本家とされる鍛冶橋狩野家から見ると、分家の分家でしかない。

浜町狩野家に格別の寵愛をくれた家宣が死ぬと、その扱いが悪くなるのは当然の帰結である。なにも絵師だけではない。寵愛を受けた家臣は、主君の死とともに没落するのが歴史の定めである。三代将軍家光に寵愛を受けた堀田加賀守が殉死したのもそうだし、十代将軍家治の引きで大老格にまで登った田沼意次に至っては、罪を得て禄を大幅に奪われている。

浜町狩野家も没落するところまではいかなかったが、他の奥絵師が奥医師と同位になっていくなか、未だ格が付けられていた。

格とは同等に扱うとの意味だが、裏返せば、同じ地位ではなく、一段低いと言っているのだ。浜町狩野家は、奥絵師のなかでももっとも歴史が浅い。また、家宣の跡を継いだ家継が、幼な過ぎて絵師への寵愛を受け継がなかったのも、七代将軍家継の後を受けた八代将軍吉宗が、贅沢を禁じ、絵への興味を持たなかったのもあり、長く忘れられた。もちろん、奥絵師たちもこの時代は不遇であった。

その絵師たちに光を当てたのが、九代将軍家重(いえしげ)であった。幼少のおりの熱病で、言語不明瞭となった家重は、政に興味を持たず、好きな絵に没頭した。

将軍が絵を好む。これのお陰で幕府絵師たちの地位は向上した。そのなかで、浜町狩野家は、少しだけ取り残された。

その浜町狩野家だったが、家斉の目に留まり、狩野融川の代に奥医師格の格が取れた。

牧野備前守はそのことを言い、松平伊豆守の苦情を止めようとした。

「上様のお気に入りならば、どのようなことをしてもよいと言うのか」

家斉によって罷免され、今度は失政の尻ぬぐいをさせる使い捨てとして再任された。しかも、家斉の腹心で歳下の牧野備前守に老中としての実権は奪われている。松平伊豆守にとって、家斉のお気に入りは目の敵であった。

「どこがご不満なのでございましょう」

理由を聞かせてくれと狩野融川がもう一度願った。

「言わねばわからぬのか。それでよく奥絵師が務まるものよ」

言い放った松平伊豆守が、つかつかと屏風へ近づいた。

「ここを見よ」

松平伊豆守が扇子の先を絵の金泥（こんでい）に当てた。

「ここも、ここもじゃ。なんじゃ、このでこぼこは。金泥くらい均一に塗れぬのか」

あきれた顔で松平伊豆守が指摘した。

屏風絵などの大きなものとなると、そのすべてに細かく絵を入れるとうるさくなる。また、手間も増える。

そこで、金泥を雲のように使って、空間を作っている。

正確には、金箔を貼った上に岩絵の具を置いて筆を走らせて、余白を金で占めさせているのだが、こうすることで前述の欠点を補ったうえで、豪華さを醸し出している。

「それは、あたらしい手法でございまする」

狩野融川が、ほっと安堵の息を吐いた。狩野融川は、長崎からわずかに伝わってきた西洋絵の遠近法を日本画にも取り入れるべく、金箔の上に金泥を重ね、その厚みの差で景色の距離感を生み出していたのだ。

「金泥が厚いところは近く、薄いところは遠い。そう見ていただければ」

狩野融川が意図を説明した。

「……」

松平伊豆守が黙った。幕府老中でも絵は門外漢でしかない。

「さすがは、狩野融川じゃ」

青山下野守が膝を打った。

「たしかに。そう言われれば、下に描かれた景色が金泥の厚みで近くに見える」

「まさに、まさに」

若年寄たちも感心した。

「新しき手法とは、上様もお喜びになろう」

牧野備前守もうなずいた。

「いいや、ならぬ」

一度は黙った松平伊豆守が、ふたたび否定した。

「我らは説明を受けたゆえ、そうかと思うが、朝鮮の使節どもはそう受け取るか」

「それは、朝鮮通信使の皆さまへ説明すれば……」

「本朝へ来た者はそれですもう。だが、朝鮮の国王はどうだ」

言いかけた狩野融川を松平伊豆守が邪魔した。

「それは通信使として来られたお方から奏上していただけば……」

狩野融川が同じ言いわけを繰り返した。

「してくれると思うか」

「……」

松平伊豆守の指摘に、狩野融川が口をつぐんだ。

「朝鮮通信使は、将軍家一代に一度だけやってくる。我が国との交流と将軍家への表敬を目的としてな。毎年来るというのならまだしも、何年、何十年に一度なのだ。向こうも我が国の現状など知りたいことは山ほどあろう。国へ帰った通信使は、それらの報告だけで手一杯になるのは自明の理。たかが一枚の絵のことを覚えていてくれるなどあり得ぬ。いや、通信使が覚えていても、国王が気にかけまい。ちらと見て、出来の悪い絵だと思って、そのまま下げさせるだけじゃ」

「……」

朝鮮王朝のことなど何も知らない狩野融川は、反論できなかった。

「将軍家からの引き出物が、出来の悪い絵だと思われたら、上様の恥になる。それくらいのこともわからぬのか、そなたたちもじゃ」

松平伊豆守が牧野備前守らを叱った。

「しかし、狩野融川は上様がお認めになられた……」

「まだ言うか、備前。ことは異国との問題じゃ。この絵がある限り、末代まで我が国が恥を掻くのだぞ」

しつこく反論しようとした牧野備前守を松平伊豆守が叱りつけた。

「恥だなどと。これはまちがいなく絵を変える手法であり、いずれすべての絵はこのように膨らみを持つものになりまする」

狩野融川が抗弁した。

「ならずばどうする」

「それは……」

未来のことなど、誰にもわかりはしない。狩野融川が勢いを失った。

「わかったな。新技などというものに溺れ、政というものを考えておらぬ絵師ごときが、執政の意見に逆らうなど論外である。この絵を訂正いたせ」

言い捨てて、松平伊豆守が出て行った。

朝鮮通信使が対馬に来る日は決まっている。それに間に合うよう、引き出物は運ばれなければならない。屏風絵の他にも日本刀、鎧兜、会津塗、蒔絵など多くのものが江戸から対馬へと船で届けられる。船は潮待ち、風待ちなどで思った以上にときがかかる。

それでなくとも狩野融川の絵は遅れていた。

「今更描き直しなどできぬ」

狩野融川は持ち帰った絵を前に苦慮した。

「乾いた金泥を平らに削るなど無理じゃ」

金泥を剝がせば、下地の金箔に傷が付く。下地が傷めば、絵は死ぬ。

「これのどこがよくないのだ」

絵は絵師の想いを達成して完成する。狩野融川は今回新技術を持ちこむことで、近江八景に新たな命を吹きこんだ。

最後に落款を入れるときでさえ、あれだけ気を遣う。完成した絵に手を加えることは、その絵のすべてを崩すことに繫がる。絵にかけたすべてが無になった。

「やはりできぬ」

絵師としてそれだけは耐えられない。

「松平伊豆守さまのもとへ参る」

狩野融川は、もう一度松平伊豆守を説得しようとした。

「絵は同じことを繰り返しては進みませぬ。いろいろと試すことで、より絵はよきものになりまする。幕府絵師として、後世に残るものをと考え、あの手法にいたりましてございまする。どうぞ、お認めをくださいますよう」

「己の下手さ加減を棚に上げて、新技術と言い張るとは面憎いまねをする。他の奥絵師、表絵師どもの絵も見たが、誰一人あのような不揃いなものはなかった。新技術と申すならば、他の者もしていておかしくはなかろうに」

松平伊豆守が狩野融川の願いを一蹴した。

「あれはわたくしが発案いたしたもので、他の誰もまだやっておりませぬ」

一人なのは当然だと狩野融川が言った。

「九人のなかで一人、それこそ異端の証じゃ。さっさと訂正いたせ」

松平伊豆守が狩野融川を追い返した。

「お認めくださいますよう」

「金泥も景色の一つでございまする」

鍛冶橋狩野家をはじめとする一門が狩野融川をかばったが、松平伊豆守は一顧だにしなかった。

「このままでは間に合いませぬぞ。上様のお気持ちをどうなさる」

牧野備前守らが期限を理由に見逃すように言ったが、松平伊豆守は認めなかった。

「しつこいわ」

連日嘆願しに来る狩野融川を松平伊豆守が怒鳴りつけた。

「何度来ようと、何を言おうと、余は認めぬ。船出しの期日も決まった。それまでに間に合わぬならば、今回のことから浜町狩野家は外す。あのようなものを筆頭になどすれば上様のご見識が疑われるわ」

「奥絵師のなかから、当家だけ作品を出せぬと」

「そうじゃ。そうなったときは、覚悟しておけよ。上様のご寵愛があろうとも、役に立たぬ奥絵師など不要じゃ」

確かめるように訊いた狩野融川に、冷たく松平伊豆守が宣した。

「わかったか。二度と当家の門を潜るな。うっとうしいわ」

松平伊豆守が、狩野融川を放り出した。

「ようやく格が取れ、奥絵師となった浜町狩野家が……」

松平伊豆守のもとから帰る駕籠のなかで、狩野融川は呆然としていた。

九代将軍家重によって絵師の格は上がった。もっとも家重は絵を愛し、どこかの家を贔屓したわけではないため、幕府は狩野家を家柄の順で昇格させ、もっとも新しい分家であった浜町狩野家は他家に遅れた。それをなんとかして追いつこうと浜町狩野家代々の当主は、他の狩野家以上に研鑽を積んできた。

今回、狩野融川が金泥を盛り上げるという従来にない手法を用いたのも、その努力の稔りであった。

「吾がすべて、浜町狩野家の集大成が……」

松平伊豆守によって価値のないものに落とされた。

「船出しに間に合わぬ」

そもそも駄目を言われた時点で、再作製する暇はなかった。朝鮮通信使への引き出物とする屏風絵なのだ。渾身の力で描かねば、狩野の名前が廃る。同じ近江八景ならば、二度目になるので少しは早くなるが、それでも一年は欲しい。

朝鮮通信使への引き出物から浜町狩野家の名前が抜ける。それこそ先祖に顔向けができなかった。

「吾はまちがっていない」

やがて狩野融川のなかに怒りが湧いてきた。

「絵のことなどなにもわからぬくせに」

政がわかっていないと侮蔑された狩野融川は、同じことを松平伊豆守に返した。

「だが、勝てぬ」

奥絵師が老中に逆らうなど無理であった。

「浜町狩野家の名前を汚すわけにはいかぬ。だが、絵師としてあの絵をいじるのは耐えられぬ」

旗本として家を守らなければならないという思いと、絵師としての誇りのなかで狩野融川は葛藤した。

「どうすればいい……」

だが、答えは出なかった。

「このままでは、浜町狩野家の名前は地に落ちる。上様のお情けに申しわけもない」

浜町狩野家を奥絵師にしてくれた家斉への恩も狩野融川を責めた。

「老中首座に嫌われた絵師に描画の依頼は来ぬ」

駕籠に揺られながら狩野融川が右手を見た。

「筆が持てぬようになるならば……」

そのまま狩野融川は腰に差している脇差へと目をやった。

「刀に持ち替える」

狩野融川の右手が柄を握った。

「おいっ、お駕籠からなにか垂れておるぞ」

狩野融川の供が、異変に気づいた。

「御師、いかがなさいました」

弟子が駕籠を止めて、扉を開けた。

「……ひいいい」

駕籠のなかを見た弟子が悲鳴をあげた。


狩野融川の切腹はただちに松平伊豆守に伝えられた。

「馬鹿な……絵師が切腹するなど……」

松平伊豆守が蒼白になった。

「いかが責任を取られるおつもりか」

牧野備前守が松平伊豆守を責めた。

「知らぬわ。余はまちがっておらぬ。勝手に腹を切っただけじゃ」

松平伊豆守が逃げた。

「狩野融川は病死といたせ。浜町狩野家を子に継がせてやれ」

旗本が切腹した。これが表沙汰になれば家督に支障が出る。牧野備前守らが奔走し、狩野融川は病いのために隠居とされ、跡を息子舜川昭信が継いだ。こうして長く狩野融川の死は秘された。

松平伊豆守はその後も老中であったが、ゴローニン事件、ロシアとの蝦夷地境界問題など、難外交を押しつけられ、過労となり在任中に死亡する。

通常、老中が在任中に倒れたときは、将軍から懇切丁寧な見舞いがなされるのだが、家斉はそれをしなかったうえ、松平伊豆守の病に乗じて幕閣人事に手を入れ、己に従う者だけに戻した。結果、松平越中守定信、松平伊豆守信明が必死になって幕府財政を立て直そうとした改革は潰え、徳川幕府は末期への坂道を転がり始める。

狩野融川の遺作となった近江八景図は、そのまま朝鮮通信使への引き出物となった。

しかし、江戸期を通じて二百以上の屏風絵が朝鮮へ贈られたが、現在確認できるのはわずかに六曲一双に過ぎず、狩野融川の近江八景図がどのような評価を彼の地で受けたかはわかっていない。

享年：三十八
（一七七八―一八一五）
戒名：畫院法眼狩野融川藤原寛信先生

江戸時代の絵画といえば、狩野派である。室町将軍家から、豊臣、徳川と渡り歩いた狩野家は、代々の御用絵師として幕府の手厚い保護を受けて来た。

巷間に谷文晁（たにぶんちょう）、伊藤若冲（いとうじゃくちゅう）などの新しい手法を使う絵師が生まれ、人気を博しても狩野派はずっと型にはまった絵を金科玉条のごとく守り続けてきた。

変わらないのを伝統と思いこんだ発展のない御用絵師。

こう、思いこんでいた私は、己の描いた絵、その誇りを守るために腹を切った融川のことを知ったとき、大いに反省した。

もっとも、ときの老中に逆らっての切腹となれば、改易になって当然であった。なにせ、幕府最高の権力者老中の指図に従わず、面目を潰した形になるからだ。

結果、ことは隠される。融川の死は秘され、隠居という形で無事に息子へ家督を譲らせ、世間が忘れたころに病死の届けを出す。

こうして狩野の家は守られたが、こうなることを融川は考えていたのだろうか。芸術を突き詰める者に、武士がなによりも大事とすがる家はどれほどの価値があったのだろう。

家のことを考えるならば、老中の指図に従って絵に手を入れるか、媚びを売ってなんとか認めてもらうべきである。家を存続させるためには、なんでもやるのが武士なのだ。つまり、吾が矜持（きょうじ）を優先した融川は武士ではない。その融川がもっとも武士らしい死、切腹を選んだ。この矛盾がなんとも興味深く哀しい。

夢想腹　堀長門守直虎

嵐は西から東を襲った。

「馬鹿な、そのようなことはありえぬ」

「公方さまはなにをお考えか」

「徳川三百年の歴史に傷を付けられるとは、やはりあの御仁は将軍の器ではなかった」

大名、旗本の別なく、江戸城中にいるすべての人が困惑、あるいは憤っていた。

十四代将軍徳川家茂の急死を受けて、昨慶応二年（一八六六）十二月五日に十五代将軍となったばかりの徳川慶喜が、その就任から一年経たない慶応三年十月十四日、大政奉還の奏上をおこない、翌日勅許が降りたとの一報が届いたのである。

「勅許も降りたというではないか」

「偽勅じゃ。先帝が薨去されてから日嗣の御子はお決まりになったが、まだ即位の大礼はおこなわれておらぬ。勅意は天子さましか出せぬ。践祚なされたとはいえ、睦仁親王さまはまだ宝算十六。御自ら徳川追討の勅意を出されたとは思えぬ。薩摩、長州などの不逞の外様に近い公家どもが、勝手を申しただけだ」

家茂に実妹を降嫁させ、公武合体を推し進めた親幕の孝明天皇は、慶応二年十二月二十五日、三十六歳の若さで急病死してしまった。その跡を十六歳の祐宮睦仁親王が継いだが、あまりに孝明天皇の死が急すぎたため、まだ元服さえすませていなかった。

元服していなければ、立太子はできない。睦仁親王は立太子も元服もすることなく、いきなり践祚した。諸外国による日本への圧力、薩摩、長州ら外様大名たちの幕府への反抗など世情が不安定なため、一時でも皇位を空けておくわけにはいかないとの事情が、無理を押し通させた結果であった。

「このまま黙っておられぬぞ。兵を率いて上洛し、今一度、徳川将軍家へ大政ご委任を願おうではないか、御一同」

一人の譜代大名が立ちあがって気炎をあげた。

「そうじゃ。そうじゃ。我らの力をもってすれば、薩摩、長州ごとき鎧袖一触である。京洛から不逞の者どもを追い出し、公家どもに誰が天下を治めるにふさわしいか、見せつけてやろうぞ」

別の大名も続けた。

「おおっ」

「吾も行くぞ」

たちまち、江戸城の大広間は同調する声で溢れた。

「内蔵助どの、貴殿もご一心でござろう」

大広間の片隅で、事態を無言で見ていた堀内蔵助直虎に、隣席の譜代大名が話しかけた。

「想いは同じでございまするが、公方さまのお考えをまずは伺うべきではございますまいか」

堀直虎は、慶喜の真意を問うべきだと慎重な姿勢を示した。

「なにを言われるか。あのような水戸かぶれの意見などどうでもよかろう。あやつは分家から入って徳川の宗家を継いでおきながら、十五代続いた幕府を売ったのでござる。あやつの世迷い言など聞かずともよろしい」

若い譜代大名が憤慨していた。

「しかし、今は、あのお方が大樹公でございまする」

その在りようがどっしりとしており、大きく枝を広げその下を雨風から防ぐことから、将軍のことを大樹と称した。

「徳川の宗家たるに十分なお方は、いくらでもおられる。そうじゃ、田安の亀之助さまを抱いて、我ら真の忠臣が団結すべきである」

若い譜代大名が反論した。

「とにかく、今少し、事情がわかるまでは待つべきでございましょう」

堀直虎が若い譜代大名を宥めた。

「貴殿は、薩摩、長州に与する者か」

乗ってこない堀直虎を若い譜代大名が睨みつけた。

「とんでもござらぬ。薩摩、長州のやりかたには、腸が煮えくりかえっておりまする」

堀直虎が強く否定した。

「……貴殿は市中見回り役をなさっておられたのでござったな」

非難していた若い譜代大名の声が少し落ち着いた。

「はい。元治元年（一八六四）九月から慶応元年（一八六五）十二月までの一年あまり務めましてござる」

堀直虎がうなずいた。

嘉永六年（一八五三）六月三日、アメリカ海軍代将マシュー・ペリーが蒸気船四隻を率いて浦賀に登場、長く続いた徳川幕府支配による平穏にひびが入った。長くオランダ、清の両国だけとつきあい、他の国との交わりを拒否してきた徳川幕府は、安寧のうちに進歩を止めてしまっていた。そこへ最新式の蒸気船が七十三門もの大砲をひっさげて開国を迫った。

「祖法でござる」

長年の決まりだとして、開国を拒んでみたところ、ペリーは蒸気船を浦賀から江戸湾へ進出させ、砲門を江戸の町に向けながら、測量を始めた。

「二百年以上の決まりを変えるには、相応のときが要りまする。またこれだけ大きなことになれば、将軍だけではなく、帝の許可もいただかねばなりませぬ。一年後に、ご返事いたすゆえ、一度退去願いたい」

ペリー率いるアメリカ海軍の武力を怖れた幕府閣僚は、返答を先延ばしにして、その場しのぎをした。

「では、一年後に再会しましょう」

あっさりとペリーは引いてくれたが、これこそ幕府崩壊の端緒(たんしょ)であった。

「なんとか追い返した」

ほっと安堵する幕閣たちの姿を見た外様大名や、浪人たちが気づいた。

「大砲を持つ異国船とはいえ、たかが四隻を怖れて下手に出るなど、幕府は弱腰に過ぎようぞ。ひょっとして幕府は押せば引くのではないか」

ちょうど尊皇(そんのう)という思想が天下に広まっていたことも影響した。

幕府は朝廷へ使いを出し、孝明天皇の内意を問うた。

「帝がどうなさるか」

天下は開国の勅許をもらおうとした幕府に、孝明天皇がどう応じるか注目した。

「わが国は神国であり、異国の者たちの踏み入れる場所にあらず」

孝明天皇は明確に開国を拒否した。

「……………」

幕閣は困惑した。

徳川幕府としては、開国など論外、異国の船の四隻くらいどうというほどのものではない。しかし、帝が国を開けと仰せになられた。ゆえに、尊皇の立場から、やむを得ずアメリカとの交渉をするとしたかったのが、崩れてしまった。

そこで幕府が毅然とした態度をとれば、まだよかった。

「大政は幕府がお預かりいたしておりますれば、亜米利加（アメリカ）との交渉はご一任たまわりまする」

「勅意を承りましてございまする。亜米利加との交渉は途絶、国を開くことはいたしませぬ」

朝廷を排除して幕府独断を続けるか、あるいは天皇の意を将軍として実行するか、どちらをとっても天下万民は文句を言っても、幕府を見下しはしなかった。

しかし、幕閣はそのどちらもとれなかった。

「祖法ゆえ、開国はなるまい」

「帝が攘夷（じょうい）を仰せである。亜米利加船を打ち払うべし」

「あの大砲が江戸城に向けて撃たれたらどうするのだ」

幕閣たちはうろたえるだけで、意見を一致させることさえできなかった。

運の悪いことに、幕府を統轄し、決定をくだせる英邁（えいまい）な十二代将軍家慶（いえよし）は病の床に臥（ふ）しており、意志薄弱な世継ぎ家定（いえさだ）では、決断できなかった。

「国難ゆえ、身分にかかわりなく意見を具申することを許す」

困り果てた老中阿部（あべ）伊勢守正弘（まさひろ）は、開国すべきかどうかを天下万民に問うた。

「なんだ、御上などと言いながら幕府だけでは決定できないのか」

「吾が意見を聞け」

政から隔離されていた外様大名や、庶民がこれに驚いた。今までそういうことは一切なかった。どころか、すべては幕府が決め、結果を押しつけてきたのだ。

それが変わった。

「人がいない」

幕閣に相応の能力がないと、天下が気づいた。

これも幕府の崩壊を進めた。

そこに十二代将軍家慶が死去してしまった。

「葬儀とお世継ぎ家定さまに十三代将軍の宣下(せんげ)を」

幕府はそちらに忙殺された。

「待ちきれぬ」

うろたえている江戸へ、一年という約束を破って半年で、ふたたびペリーが来航した。

「将軍が亡くなったために……」

「そんな事情はどうでもいい」

家慶の死を理由に交渉をまた先延ばしにしようとした幕府を、ペリーが武力を背景に一蹴した。

「いたしかたなし」

頭を抱えた阿部正弘は、二カ月後にアメリカの開国要求を受け入れ、日米和親条約がなった。

だが、その代償は大きかった。阿部正弘は、盟友だった老中松平和泉守乗全、同松平伊賀守忠固を開国反対派への人身御供として罷免、己も老中首座から降りた。

「あれからわずか十三年で、こうなるとは」

堀直虎は嘆息した。

信濃須坂一万石の堀家は、戦国の末、戦上手として知られた堀久太郎秀政の分かれである。といっても堀秀政の血を引いているわけではなく、秀政の家老だった奥田直政が堀の名跡を許されて立てた家の末裔になる。関ヶ原の合戦では、堀秀政の息子秀治に従って東軍に参加、信濃高井郡で八千石を領した。さらに大坂の陣で手柄を立て、四千石を加増されて諸侯に列した。のち、二千石を分けて分家を三つ立てたことで、本家は一万石となり、以降加増、転封などを受けることもなく、十三代を重ねた。

堀直虎は、天保七年（一八三六）八月、十一代藩主堀直格の五男として生まれ、十二代藩主となった同母兄直武が病を得たため、その養子となって家を継いだ。

「このままでは、藩が潰れる」

すでに武家が天下の主であったころは過ぎ、今や金の世の中になっている。戦がなくなって手柄を立てられなくなった武士は、増収の術を失い、物価の上昇に追いつけていない。どこの大名も、商人から莫大な金を借りている。

一万石とぎりぎり大名の、信濃須坂の堀家も同じであった。

幸い表高一万石ながら、信州はもの成りが悪くはなく、実高はそのほぼ倍近いが、それでも年貢は五公五民で一万石を割りこむ。一石一両として、年間収入は九千両ほどしかない。そのうち七割が家臣の禄で消えてしまい、藩政に遣える金は三千両に届かないのだ。それで国元と江戸の両方を賄い、参勤交代の費用も捻出しなければならないが、とても足りるはずもなく、毎年のように御用商人から金を借りていた。

金を借りれば利子が付く。千両の借財は、一年で一千百両に膨れあがる。

もともと支出が収入を上回っているために、借金しているのである。普通の状態では、借金を返すどころか、利子の支払いも危うくなる。

大名は潰れないからこそ、商人は来年の年貢を担保に金を貸してくれる。とはいえ、ある限度をこえれば、掌(てのひら)を返す。

「元利お返しいただかねば、御上へ訴えるしかございません」

町人が武家へ訴訟を起こすには、幕府の評定所(ひょうじょうしょ)へ願いをあげる。

「当事者で話をいたせ」

評定所は、武家の横暴を抑えるためにある。が、幕府は武家の統領だけに、基本は武家を優位に扱う。最初は穏やかな解決を促し、二度目は大名へ注意を与えるだけですませてくれるが、度重なるとそれではすまなくなる。

「政をするに能(あた)わず」

治政の能力なしとして、大名が隠居させられたり、減封、あるいは僻地への転封といった罰を喰らうことになる。いや、改易されるときもあるのだ。

「なんとかせねばならぬ」

増収がはかれないのならば、経費を節減するしかない。

堀直虎は、藩主になって実情を知るや、決死の覚悟で藩政改革に挑んだ。

「そのようなまねは、堀家の名前にかかわりまする」

いつの世でもそうだが、前例を金科玉条のごとく守ってさえいれば、どうにかなると思っている輩はいる。また、その手の連中ほど、政の中枢に近い。

参勤行列の減員、藩の行事の削減など、堀直虎が考えた改革案は、門閥家老たちの反対で一向に進まなかった。

「ええい、埒があかぬわ」

堀直虎は、根気よく家中を説得して一岩となって危機を乗りこえようとは考えず、あっさりと決断した。

「その方らに、切腹を申しつける」

藩政改革に反対し続けた家老職四人を自害させ、

「永の暇をたまわる」

家老に与して、堀直虎の指示を聞かなかった三十七人もの家臣を追放した。

合わせて四十一人の断罪は、じつに堀藩の家臣四分の一にあたる。

「なんとも恐ろしいお方じゃ」

残った家臣たちは震えあがり、以降堀直虎の改革は支障なく進んだ。

「見事な手腕である」

強気の改革が幕府の耳に届き、堀直虎は大番頭に補任された。

大番頭は徳川家の一軍を指揮する侍大将になる。五千石高の役目で、そのほとんどは旗本から選ばれるが、まれに一万石ていどの大名も命じられた。

「徳川の武威を預けられる」

大名役としてはかなりの格落ちになるが、それでもいざ戦場へ出たときは徳川の主力となる。役不足として不満に思う者もいるが、名誉と考えて励む者もいる。

大番頭を命じられた大名は、その二つに分かれた。

外様としては珍しく文久二年（一八六二）九月に大番頭となった堀直虎は、後者であった。預けられた大番組をよく鍛錬した。

「なれどこれでは、戦えまい」

当主になるまでの堀直虎は学究の徒であった。とくに西洋の新しい文物に興味を示し、独学ながら英語を学び、英国式騎兵練兵書を和訳するほど軍学を好んだ。

その堀直虎から見て、戦国以来変わることのない幕府の軍学はあまりに遅れていた。

「まずは吾が家中で試すべし」

堀直虎は、改革で生みだした余裕を藩の軍装備に遣い、洋式に変えた。

「やはり、こちらが優(まさ)る。徳川家の一手を預かる者として、これは上申いたさねばならぬ」

確認した堀直虎は、幕府へ意見具申をおこなった。

「従来の軍備を新式のものに変え、兵たちの動きも西洋に学ぶべきでございまする」

まだ二十九歳と若かった堀直虎が、よかれと思ってしたことは幕閣の怒りを買った。

「分(ぶん)をわきまえよ」

かつてペリー来航のおり、天下に意見を求めたことで、その権威を失墜させた老中たちは、家督を継いで数年、大名というのもおこがましい堀直虎の進言を受け入れなかった。

「差し出がましい口を利くとは、執政をないがしろにするも同然。差し控えを命じる」

老中たちは、堀直虎の出仕を停止、屋敷での謹慎という咎めを与えた。

「わかりましてございまする」

正論が通るとは限らないのが政だと身をもって知った堀直虎は、大人しく屋敷で身を慎んだ。

咎めを受けた役人は、その多くが左遷あるいは解職される。そして傷ついた経歴は消えず、その後の出世はまずない。

今までの幕府は、そうであった。

しかし、世情がそれを許さなかった。有能な者を一度や二度の失敗で引きこませておくだけの余裕はすでに幕府にはなかった。

薩摩や長州といった外様は、西郷隆盛、桂小五郎、大久保利通ら小身ながら有能な者を抜擢し、着々と力を付けてきている。

堀直虎への差し控えは、わずか二カ月で解かれ、大番頭のまま市中見回り役を兼任させられた。

そのころ、幕府の弱腰を知った外様大名が浪人や無頼の者を使って、豪商を襲わせたり、町屋に放火したりして、江戸の治安を脅かしていた。

「逃がすな」

堀直虎は配下の大番組士だけでなく、家臣も動員して、江戸の治安を護ろうと努力した。もっともその尽力以上に、薩摩や長州の策謀はすさまじく、完全に防ぐことはできなかったが、その功績は幕府老中にも認められた。

「市中見回り役を解き、呉服(ごふく)橋門を預ける」

江戸城大手門に次いで重要とされる内曲輪(うちぐるわ)諸門の一つ、呉服橋門の警衛を堀直虎は任された。大技と言うほどではなかったが、出世には違いない。

堀直虎はこれもしっかりとこなしていたが、その間に天下は大きく変わった。

「長州征伐をおこなう」

京を武力でもって制圧しようとして蛤(はまぐり)御門の変を起こした長州毛利家を征伐するため、幕府は軍勢を起こした。一度目は長州が謝罪をすることで終わったが、そのまま大人しくなるはずもなく、ふたたび幕府へ反抗、二度目の征長がおこなわれた。

「毛利親子を討ち、長州藩を潰す」

これ以上長州を放置もできないと、十四代将軍家茂も大坂まで出陣し、幕府の威信をかけての戦いとなったが、堀直虎の危惧したとおり戦況は芳しくなかった。

「やあやあ、尋常に……」

さすがに源平の合戦ではないため、矢合(やあわせ)や名乗りなどはしなかったが、火縄銃と弓矢、槍による接近戦を挑んだ幕府軍は、西洋人から購入した大筒や命中精度と有効射程距離の長いエンフィールド銃を装備した長州藩兵の前に敗北を繰り返した。

「ええい、ふがいない」

朗報を聞けない心労からか、十四代将軍家茂は体調を崩し、そのまま大坂で客死してしまった。

「将軍の喪に服さねばならぬ」

征長軍は長州に停戦を求め、そのまま撤退、幕府の弱さを見せつけるだけで終わった。

「あのとき、もっと強く、西洋銃の採用を進言していたら……」

征長軍の被害を知った堀直虎は、後悔の念に苛(さいな)まれた。

といったところで、大番頭ていどでは何一つできはしない。堀直虎は、己の無力さを嘆きながらも、職務に専念していた。

そこへ、大政奉還の報せであった。

「御上はどうなるのか」

徳川幕府の大名として、二百五十年余りを生きてきたのだ。その幕府がなくなるという事態に、堀直虎はじめ、諸大名はうろたえるしかなかった。

大政奉還の衝撃が覚めやらぬ十二月五日、堀直虎は江戸城白書院へと呼び出された。

「堀内蔵助、大番頭を免じる」

上洛しなかった老中小笠原図書頭長行が、将軍代行として堀直虎に告げた。

「かわって若年寄に任じ、外国総奉行の職を兼ねるべし」

続けて小笠原図書頭が述べた。

若年寄は徳川家の内政を司る。古くは老中と並んで加判衆と呼ばれた、老中、京都所司代、大坂城代に次ぐ重職である。若年寄を経験した大名は、その多くが老中へと出世していく。一万石の大名が若年寄となった例は過去にもあるが、堀家は外様であり、異例の抜擢であった。

「謹んでお受けいたしまする」

徳川家からの指示とあれば、従わなければならない。堀直虎は平伏して若年寄兼外国総奉行の職を引き受けた。

「言わずともわかっておろうが、危急のときである。死力を尽くし、御上への御奉公をまっとういたせ」

小笠原図書頭が堀直虎へ訓示をした。

「はい」

頭を垂れながらも、堀直虎は小笠原図書頭を信用していなかった。

小笠原図書頭は、第二次征長戦のおり、老中として九州勢の総督を任じられていながら、その指揮に失敗、わずかな長州勢を圧することができず、戦線の膠着(こうちゃく)を招いた。さらに家茂の死を知るなり、軍勢をまとめることなく逃亡、老中を罷免された。その後、慶喜によって再度老中に召し出されたが、小笠原図書頭は薩摩藩が参勤交代の途中生麦(なまむぎ)村でイギリス人を斬り殺したときも無断で交渉、十万ポンドの慰謝料を支払う約束をするなど、幕府に不利なまねばかりをしでかしていたからであった。

「吾がなんとかせねば……」

老中でさえ頼りにならない。堀直虎は、己が幕府を、いや、徳川家を支えると決意した。

「殿」

若年寄兼外国総奉行となって数日、江戸城で外国奉行川勝(かわかつ)近江守広道(ひろみち)、江連(えづれ)加賀守堯則ら下僚と打ち合わせをして下城した堀直虎を、国元の藩校立成館の教授北村方義が出迎えた。

「いきなりどういたしたのだ」

不意の出府をしてきた側近に、堀直虎が驚いた。

北村家は信州高井郡の出で、方義の父の代から須坂藩に仕えた新参であった。

北村方義は幼いころから英邁の誉れ高く、江戸の儒学者で書家としても名高い亀田鵬斎の作った亀田塾で修業をした。後、成績優秀をもって亀田塾の講師になっている。

堀直虎との出会いも、亀田塾であった。二歳下の堀直虎は、北村方義を兄弟子として慕い、先に国元へ帰る北村方義のために餞別の歌を詠んだほどであった。やがて堀直虎が藩主になると北村方義は、新設された藩校立成館の教授として招かれ、その改革を支える側近になった。

「殿、若年寄をお引き受けになられたとのこと、まことでございましょうや」

北村方義が堀直虎へ問うた。

「まことである。公方さまの御諚により、若年寄兼外国総奉行となった」

堀直虎がうなずいた。

「なぜ、この困難の時期に、徳川の役目をお受けになりました」

北村方義が堀直虎を見上げた。

「すでに幕府は大政を奉還、朝廷は王政復古を宣し、慶喜公の将軍職を解任なされました」

「なんだと」

堀直虎が目を剝いた。

「公方さまが将軍を……」

「その報せが国元へ届きましたのは、十一日。それを聞くなり、殿をお止めすべく出府いたしましてございまする」

まさかといった風の堀直虎に、北村方義がまちがいないと断言した。

「なにも聞いておらぬぞ」

堀直虎が戸惑った。

「十二月九日のことだったそうでございまする」

「……………」

日時まで言われては、納得するしかない。堀直虎が沈黙した。

「江戸城の動揺を避けるため、まだ公にしておらぬだけではございませぬか」

「違うぞ。おそらく報せを受けた居残り老中どもが、どうするか決めるまで握り潰しておるのだろう」

堀直虎が苦い顔をした。

「そのようなまねをしても、いずれ噂は流れましょうに」

京から江戸へは、武家だけでなく、庶民も移動している。京での出来事は、十日ほどで江戸に聞こえてくるのが普通であった。

「譜代名門などと偉ぶっておるが、そのていどのこともわからぬ連中ばかりなのだ」

堀直虎が吐き捨てた。

「あのとき、余の申したように、軍備を西洋式に変えておれば、長州ごときに負けることなどなかった」

まだ堀直虎は上申を咎められたことを無念に思っていた。

「長州を攻め落とし、毛利親子の首を獲っておけば、大政奉還などせずともすんだ」

「殿、過ぎたことを繰り返しても、ときは戻りませぬ」

悔やみ続ける堀直虎を北村方義が諫めた。

「むっ。たしかにそうだが」

堀直虎が不満そうに愚痴を止めた。

「今は、過去よりも未来を見るべきでございまする」

「未来か」

「さようでございまする。すでに幕府は崩壊、徳川家は将軍でなくなりましてございまする。天下は朝廷に還り、勢いは京より西のものとなりました」

「……むうう」

わかっていることだが、あらためて言われると面白くない。堀直虎が頬をゆがめた。

「そんなときに、火中の栗を拾うようなまねはお止めくださいませ」

北村方義が堀直虎へ進言した。

「………」

堀直虎が目を閉じた。

「………」

思案に入った主君を、側近は黙って見守った。

「方義よ」

「はい」

しばらくして口を開いた主君へ、北村方義が両手を突いて傾聴の姿勢を取った。

「幕府は、徳川家は、もうどうにもならぬか」

「……なりますまい」

「余では支えきれぬか」

「殿でなくとも、どなたであっても無理でございましょう」

続けた主君の質問に、北村方義は重ねて否定をした。

「負けるはずのない戦で負けただけならば、まだ挽回のしようもございました。神君家康公でさえ、常勝ではなかったのでございますれば」

北村方義が語った。

天下を統一した徳川家康は、なんどか負け戦を経験している。古くは三河一向一揆相手の戦いであり、このときは家臣の裏切りもあって、危うく死にかけている。また、武田信玄の上洛を阻止しようとした三方ヶ原(みかたがはら)の戦いでは、手痛い敗戦を経験していた。

「ならば……」

堀直虎が身を乗り出した。

「京を失ったのがよろしくありませぬ。朝廷を抑えきれなかったのが、徳川の命運をきわめてしまいました。薩摩と長州が公家さま方を煽動し、幕府から離れるように動いていた。それを防げなかった段階で、徳川家は負けました」

「京都所司代、禁裏付きなどが、謀略を見抜けなかったのが悪いと」

「見抜けなかったのではございませぬ。気づいていても防げなかった、ご執政衆がそれに対し、何一つ有効な手立てを打てなかった。長州相手の戦いなどは、その結果を確認するだけでしかございません」

冷たく北村方義が言いきった。

「執政衆が無能だったと申すのだな」

「無礼を承知で言わせていただけば、その通りでございまする」

確認した堀直虎に北村方義がうなずいた。

「幕府は長く続きすぎましたのでございまする」

「歴史がよくなかった……」

「いえ、歴史はよろしゅうございまする。それを否定すれば、朝廷を非難することになりまする」

北村方義が首を横に振った。

たしかに朝廷の歴史は千年どころではすまない。徳川家の歴史など、朝廷に比べればないに等しい。

「幕府は安泰に慣れすぎました。朝廷はそれでよいのです。朝廷は武ではなく、礼を司る。しかし、幕府は武の中心でございまする。その幕府が自ら武を封じて参りました」

「謀叛を怖れたのだろうな」

北村方義の説明を堀直虎は受け入れた。

「槍があるから人を突く。ならば槍がなければ、突き殺されることはないというやつだな。その槍で天下を取ったにもかかわらず」

堀直虎が苦笑した。

「そのことに執政衆が気づかなかった。いや、気づいていても無視してきた。ふたたび乱世になれば、己や己の子孫たちが不利益をこうむるかも知れないと」

「織田信長公にしても、豊臣秀吉公にしても、さほどの身分の出ではない」

天下まであと少しとなったところで家臣明智光秀の謀叛を受け切腹して果てた織田信長は、尾張一国の守護斯波氏の守護代織田大和守家の家老の出である。今の幕府にたとえれば、大名の家老の用人といったところで、徳川家からすれば陪臣の陪臣、それこそ上から踏みつけても文句を言われない辺りになる。

乱世を統一した豊臣秀吉にいたっては、尾張中村の百姓の出である。

「徳川もあまり偉そうなことは言えませぬ。三河の国人領主が傑物清康のおかげで国主になった家柄。しかし、その清康も息子の広忠も、家臣によって殺され、一時は今川の家臣にまで落ちました」

北村方義は完全に徳川家への尊敬を捨てていた。

「乱世の宿命だと申せば、そうなのでしょう。名家が没落し、新興な勢力が台頭する。足利家が力を失い、三好家が織田に追われ、織田が明智に討たれ、信長公を死に追いやった光秀が秀吉公の手で殺される。めまぐるしく動いた世を豊臣が治めたが、一代の英傑だった秀吉公の死を待って家康公が動き出す。徳川もそうやって天下を取りました」

「人としての実力……か」

「はい」

堀直虎の呟きに北村方義が首肯した。

「世が乱れれば、名前より力がものを言いまする。そうなっては徳川が第二の足利になる。それを怖れた幕府は、身分を固め、武をしまって、泰平を維持して参りました。それを黒船が揺らした」

「たしかにの」

北村方義の言いぶんを堀直虎は認めた。

「幕府の力は強大、逆らえば潰される。外様大名も、庶民もそう怖れてきた。その幕府が、たった四隻の黒船に怯えた」

「乱世の始まりに気づいたのか、皆が」

「はい」

北村方義が首を縦に振った。

「しかし、幕府だけがそれに気づかなかった。幕府は未だ過去にあぐらをかき続けた。その間に、薩摩や長州は乱世の体制に移行していた。なにより朝廷が動いた。公家ほど乱世の匂いに敏感な者はおりませぬ」

「武家に翻弄され続けてきたからだな」

身の処し方について公家は精通していた。でなければ、平清盛が天下を取って以来の武家の世で生き残っていけなかった。徳川への流れが逆になったと公家は読んだ。

「人物は下から出る。生まれたときから多くの者に傅かれ、何一つ己の手でしない名門ほど役に立たぬものでございまする」

「だから、老中は馬鹿ばかり……か」

堀直虎が口の端を吊り上げた。

「これでおわかりでございましょう。もはや天下は徳川のものではございませぬ。朝廷のものとなりました。徳川は今後、一大名として京から遠く離れた関東で生きていくことになりまする」

「田舎大名に落ちるということか」

「さようでございまする」

語り終えた北村方義が、姿勢をあらためて正した。

「殿、徳川と堀は同格となりました。いえ、徳川はこれから三百年の恨みを朝廷から受けることになりまする。下手をすれば潰されることもありましょう」

「さすがに潰しはせぬだろう。そうなれば旗本、御家人が暴れる。浪人させられてはたまらぬからの」

北村方義の話を堀直虎が訂正した。

「……仰せの通りでございました。しかし、そのまま四百万石を維持できるとは思えませぬ」

「そうだな。江戸付近を残して、大坂や遠方にある幕府領は召しあげになるだろう」

徳川家は全国に領地を持っている。それも稔りのよい土地や交通の要所ばかりであり、箱根以西に多かった。

「没落する家に付き合う意味はございませぬ。下手をすれば巻きこまれてしまいまする。なにとぞ、若年寄をお辞めくださいますよう」

諫言(かんげん)を終えて、北村方義が平伏した。

「……………」

堀直虎が黙った。

「……殿」

なかなか返答をしない主君に、北村方義が焦れた。

「……北村よ」

しばらく沈黙していた堀直虎が口を開いた。

「余は辞めぬ」

堀直虎が首を左右に振った。

「な、なにを仰せでございますか」

北村方義が驚愕した。

「先ほどまでの話を……」

「理解した。これからは朝廷を担ぎあげた薩摩、長州の時代になるゆえ、徳川に近い者ほど迫害されると申したの」

思いきり要点をまとめて堀直虎が応じた。

「おわかりならば、なぜ」

「答える前に、一つ訊きたい。余は優秀か」

十六歳のときから教えを請うてきた。北村方義は堀直虎の側近であり、師匠であった。

「殿は英邁にあられまする」

「乱世に生き残れるか」

「殿ならば、確実に」

何度も問うた堀直虎に、北村方義が保証した。

「まあ、主君を暗愚とは言えぬわな」

堀直虎が苦笑した。

「なにをおっしゃられたいのでございますか」

北村方義が困惑した。

「さきほど、おぬしは乱世だと言った」

「申しました」

「乱世ならば、のし上がれよう。堀家も」

「なっ……」

堀直虎の言葉に北村方義が絶句した。

「おぬしの言うとおりにして若年寄を辞任、江戸を離れて国元へ戻り、朝廷へ、薩摩長州へ従ったとして、堀家はどうなる」

「それは……」

北村方義が難しい顔をした。

「おそらく本領安堵、よくて一万石ていどの加増であろう」

すでに大勢は決している。名分は薩摩、長州にあり、朝廷の命に徳川家は従わざるを得ない。逆らえば朝敵になる。

勝ち戦とわかったものに、今から参陣しても功名はもちろん、褒美は手に入らない。ただ、潰されないだけで、それも保証はされなかった。

「堀家はずっと大名の端であった。それがどれほど辛いことか、ともに改革の苦労をしたおぬしならばわかろう。いっそ大名でなければと何度思ったか」

「はい」

北村方義も同意した。

一万石からが大名になる。一石欠けても旗本なのだ。たしかに格としては大名が上になる。だが、そのじつは九千石の旗本がよかった。

旗本のなかで数千石をこえる者は寄合と呼ばれ、大名に準ずる者として扱われた。なかには交代寄合という、旗本でありながら参勤交代をする特別な家柄もあったが、大名と違って、交代寄合の参勤交代は義務ではなかった。数年に一度でもしておけばよかった。

大名にとって、なにが金を喰うかといえば、参勤交代である。

石高、格式によって行列の規模は変わるが、一万石の堀家の場合、騎馬三騎、足軽二十人、中間と人足を合わせて三十人までと決まっている。少ないとはいえ、これだけの人数を引き連れて信濃から江戸まで毎年旅をしなければならない。急いでも江戸まで六日はかかる。泊まりや休息、食事などの費用は、一度で百両近くかかる。まったくの無駄金で、なに一つ生まない参勤交代を減らせるだけでも、大名の財政は好転する。もっとも、参勤交代は大名の金を浪費させ、軍備を整えられないようにと幕府が考えたもので、その意味からいけば成功していた。

「しかし、家格を下げることはできぬ。先祖への顔向けができぬ」

堀直虎が唇を嚙んだ。

大坂の陣で大名となったのが堀家なのだ。戦国を生き抜いてきた先祖の功績を残すという意味でも、なんとしても大名であり続けなければならなかった。

「ゆえに血筋を残すという目的のため、分家を作ったがそのすべてをあわせても二千石しか使えなかった」

大名の重要な仕事は家を残すことだ。大名が潰れては、家族はもとより家臣たちも路頭に迷う。それを防ぐため、本家に跡継ぎがいなくなったときのため、加賀の前田家における富山藩、大聖寺藩などのように、どこの大名も分家を創設した。

堀家も同じように分家を作ったが、本家が大名でなくなっては意味がないと、二千石の範囲での創設になり、旗本としてもさほどの家にはできなかった。

「なによりも大坂の陣以来、二百五十年余り、何一つ手柄を立てることのなかった堀家が、躍進する好機である。いや、最後の機会と言うべきだな」

「殿、そのような博打に出るわけには参りませぬ」

　興奮する堀直虎を北村方義が抑えようとした。

　家臣としては、加増よりも潰されないほうが重要であった。

「わかっておる。余もそれくらいの覚悟はしておるわ」

「覚悟……でございまするか」

　告げた堀直虎に、北村方義が怪訝な顔をした。

「徳川の武力は、薩摩、長州に劣らぬ。徳川にも西洋式歩兵はいる」

　大鳥圭介率いる西洋歩兵隊は、フランス陸軍の将校によって訓練を受け、最新式装備を身につけている。

「また、海軍は圧倒している」

　勝安房守が鍛えた海軍は、アメリカやイギリスなどの列強国海軍には及ばないものの、まちがいなく日本最強である。

「しかし、兵は精強でも、将があれでは話になりませぬ」

　北村方義が残念そうに言った。

「余が指揮を執る」

「……殿が」

　断言した堀直虎に、北村方義が目を大きくした。

「そうじゃ。優秀な軍に卓越した将、負けるはずはあるまい。たとえ京から西がすべて薩摩、長州についたところで、どうということはない。西洋式歩兵を先頭に、海軍の支援を受けながら東海道を進軍、京を窺う。そして熱田で分かれた海軍が大坂湾へ進出、京へ援軍を出そうとする西国大名どもを牽制する。こうすれば京を奪い返すのは容易かろう」

「策としては上々だと思いまするが……」

北村方義が眉間にしわを寄せた。

「なにがいかぬ」

「殿に兵たちが従いましょうや」

大きな欠点を北村方義が指摘した。

「殿にはなんの功績もございませぬ。戦で勝ったことも、剣術の達人だとか、砲術の専門だとかの名声も……」

さすがに最後まで言うのは、家臣としての分をこえる。北村方義が濁した。

「言われずとも、わかっておるわ」

機嫌を悪くした堀直虎が頬をゆがめた。

「そこは公方さまのお力を借りる」

「公方さまから将に指名していただくと」

堀直虎の考えを北村方義が読んだ。

「そうだ。公方さま、いや、将軍を辞められたならば、呼び方を変えねばならぬ。上様は、徳川の当主であられる。当主の命とあれば、陸軍も海軍も旗本も御家人も従おう」

堀直虎が断言した。

公方とは将軍の別称であり、徳川の当主で将軍になっていない者は上様と呼ばれる決まりであった。

「なりましょうや」

北村方義が疑いを持った。

「してのける。少なくとも余のことを上様はご存じじゃ」

堀直虎が胸を張った。

一度余計な差し出口をして差し控えを命じられていながら、若年寄という外様大名としては例のない抜擢を受けたのは、慶喜が己の価値に気づいたからだと堀直虎は考えていた。

「長州で負けた。それによって余がかつて幕府へ上申した軍制改革は正しかったと証明された。余が上申したのは、三年も前じゃ。まさに先見の明である。だからこその若年寄なのだ」

自信満々で堀直虎が宣言した。

「……」

「見ていろ。余の力でもう一度徳川を天下人にして見せよう。なれば余は功績第一じゃ。十万石、いや三十万石も夢ではない。ご先祖ができなかったことを、余がやってのける。堀家中興の祖じゃ」

堀直虎が己の発言に酔い始めた。

「落ち着かれませ。それほど世のなかは甘くはございませぬ」

北村方義が堀直虎に向かって手を軽く上下させた。

「やってみなくばわかるまい」

堀直虎が側近の諫言を止めた。

「もし、失敗したときは肚を決める。おぬしには、そのときの対応を任せる」

「なにをいたせばよろしいのでございましょう」

「それはの……」

訊かれた堀直虎が、北村方義へ語った。

北村方義を説得した堀直虎は、若年寄兼外国総奉行の役目を目立つようにこなした。用がなくとも、城中をうろつき、あちこちで人に会い、己を印象づけた。

「幕軍敗退」

大政奉還、慶喜将軍辞任の衝撃も残る慶応四年（一八六八）一月、江戸城にいる者すべてを蒼白にする報せが届いた。

「徳川家への辞官納地の求めを撤回していただく」

征夷大将軍を辞したとはいえ、慶喜にはまだ内大臣の官位があった。朝廷はそれを取りあげたうえ、無位無官となった徳川家から領地まで取りあげ、潰してやろうという。薩摩、長州らの思惑に、大坂城に駐屯していた旗本たちが激怒、ついに抑えきれなくなった慶喜が、討薩の軍を起こした。

一月二日、大目付滝川播磨守具挙（たきがわはりまのかみともたか）を先陣に、陸軍奉行竹中丹後守重固（たけなかたんごのかみしげかた）を総大将とした一万五千の兵が京へと進軍、伏見（ふしみ）で行く手を遮った薩摩兵と衝突、最初の発砲に驚いた先手の将滝川播磨守具挙が落馬して、前線が混乱した。さらに撤退を始めた幕軍は伏見奉行所を拠点として抵抗しようとするが、薩摩、長州らの攻撃のすさまじさに恐怖した総大将の竹中丹後守重固が逃亡、指揮官を失った幕軍は崩壊した。

「徳川を討て」

飛んで火に入る夏の虫とばかりに、朝廷は徳川を朝敵にした。

「最後の一兵となるまで、大坂で戦う」

逃げて来た幕軍を大坂城に受け入れた慶喜が、徹底抗戦を叫んだ。

「どうなるのだ、徳川家は」

「我らはどうすればよいのであろう」

状況を知った江戸城中は上を下への大騒ぎになった。

「ご無礼つかまつろう」

西国に領地を持つ大名のなかには、さっさと江戸から引きあげて行く者もいる。

「大事ない。徳川は負けぬ。今こそ一致団結して、薩摩、長州らの賊を打ち払うべし」

陸軍奉行並小栗上野介忠順(おぐりこうずけのすけただまさ)らが、落ちこんだ城中で気炎をあげた。

「そうだ。徳川はまだ負けておらぬ。関ヶ原以東の大名と旗本八万騎は健在である」

堀直虎もあちこちで声をあげた。

そんな小栗上野介忠順、堀直虎ら、主戦派を愕然とさせる大事件が起こった。

「上様、お帰り」

浜御殿に幕府海軍の船が着き、そこから慶喜、京都守護職松平容保、京都所司代松平定敬、老中板倉勝静らが上陸してきた。

「兵たちを見捨てて逃げて来られたのか」

城中にいた者すべてが、あきれた。

「これでは勝てぬ」

堀直虎が肩を落とした。

「兵を見捨てて逃げ出す総大将が指名した将に、誰が従う」

「貴殿がそれでは困る。上様をご説得するのだ」

脱力した堀直虎を小栗上野介忠順が励ました。

「一同、大広間に集合いたせ。上様よりお話がある」

老中板倉勝静が、皆を集めた。

「大儀」

平伏する大名、旗本を大広間上段から慶喜が見下ろした。

「これより余は寛永寺へ移り、謹慎する」

慶喜が降伏すると告げた。

「なにをっ」

「馬鹿な」

たちまち大広間は騒然となった。

「余は朝敵になりとうない」

尊皇の家元ともいうべき水戸家から一橋に養子に入り、十五代将軍となった慶喜にとって、朝敵は重すぎた。

「ご諫言申しあげる」

抵抗しないと宣言した慶喜に小栗上野介忠順が意見を述べた。

「陸軍を急進させて箱根関を閉鎖、海軍を駿河沖に展開。東海道を進軍してくる薩摩、長州の軍勢に向かって砲撃を加え、混乱したところへ待機していた陸軍を突っこませれば、勝ちはまちがいございませぬ」

歩兵奉行、軍艦奉行、海軍奉行並、陸軍奉行並と幕府の軍事職を渡り歩いてきた小栗上野介忠順の策は見事なものであった。

「ならぬ、ならぬ。余は恭順と決めたのだ」

それを拒否した慶喜は、もう話すことはないと座を蹴って立った。

「お考え直しを」

あきらめては終わる。小栗上野介忠順が慶喜の袴の裾を摑んだ。

「無礼者。そなたの役目を解く、屋敷で慎め」

「……罷免」

慶喜から直接解任を言い渡された小栗上野介忠順の手から力が抜けた。

「ふん」

足の束縛を解かれた慶喜が大広間から逃げた。

「我らも急がねば」

慶喜が戦わないと言ったのだ。どう朝廷に対処するかを己で決めなければならない。大名たちがあわてて出ていった。

「終わったわ。小栗家の忠義もこれまでじゃ。儂も領地に戻る」

小栗上野介忠順も去った。

「………」

そのすべてを堀直虎は、遠いもののように感じていた。

「……夢はならぬからこそ、夢なのだな」

誰もいなくなった大広間で堀直虎が呟いた。

「朝敵指名された徳川で若年寄という重役を務めていた。となれば、恭順したとて無罪放免とはいかぬ」

ふらっと堀直虎は立ちあがった。

「北村に約束した。覚悟を見せねばなるまい」

大広間前の廊下で堀直虎は辺りを見回した。

「あれほど賑やかだった江戸城中が……」

遠くで騒いでいる声は聞こえるが、大広間の側に人影はなかった。

「………」

ふらふらと城中をさまよった堀直虎は、若年寄が使う下の御用部屋を覗きこんだ。

「誰もおらぬわ」

堀直虎は大名たちの姿がないことにあきれた。

「譜代だ譜代だと偉ぶるならば、このようなときこそ働け」

外様大名の堀家にとって、譜代大名は家柄を誇るだけの鼻持ちならない連中ばかりであった。

「……御用部屋はさすがに人がいるようだ。それもそうか、板倉も酒井も江戸へ帰ってきたばかりだ。御用部屋に見られてはまずいものが山ほどあろう」

上の御用部屋、老中の執務室からは話し声が聞こえていた。

朝廷に恭順するには、己のやってきたことを隠さねばならなかった。老中は幕府の代表者であるだけに、よほどうまくやらなければ徳川家との連座は避けられない。

「一度はあの御用部屋へ入ってみたかったの」

若年寄といえども老中の御用部屋へは足を踏み入れられなかった。

「西の丸ならば……」

堀直虎はふたたび歩き出した。

将軍世子の住む西の丸に老中はいた。将軍世子に政を教えるためのものだったが、当然御用部屋も設けられていた。

「……当たり前か」

西の丸老中御用部屋は無人であった。

慶喜は将軍となって江戸城に君臨する暇もなく、ずっと上方で朝廷との間をどうにかすべく動いていた。その慶喜に世継ぎを西の丸へ入れて、その側近を手配する間などあるわけもなかった。

「これが密談の火鉢か」

なにも書かれていない灰を堀直虎は見つめた。

「慶喜公の肚さえ、もう少し据わっていたら……外様初の老中として吾もこの火鉢に文字を書けたであろうに」

無念だと堀直虎が天を仰いだ。

「これ以上は未練だな」

堀直虎が西の丸老中御用部屋を後にした。

「武家の天下も過ぎてしまえばうたかたの夢か」

力なく笑った堀直虎が、廊下に正座した。

「後は頼みます、北村先生」

衣服を開いた堀直虎が腹に懐刀を突き刺した。

江戸を攻めるべく朝廷は官軍を起こし、東海道、東山道の二経路から迫った。

「畏れながら」

三月十日、信州須坂藩国家老丸山本政(まるやまもとまさ)と北村方義の二人が、近づいてきた東山道軍先鋒総督府へ出頭した。

「堀家は朝廷さまに従いまする」

丸山本政が恭順を告げた。

「堀家は徳川において若年寄をしていたという。それについての申し開きはどうする」

東山道軍先鋒総督府参謀が詰問した。

「たしかに前藩主堀内蔵助直虎は若年寄をいたしておりましたが、徳川が朝敵となりましたおり、慶喜公へ朝廷への恭順を強く奏上いたしました。しかし、周囲の賛同を得られず、決議がなされなかったため、朝廷さまに申しわけなしとして、その場を去らずして自害いたしましてございまする」

丸山本政が述べた。

これこそ、堀直虎の命一つで、堀家の名誉と領地を守ろうと考えた策であった。

「切腹して果てたか」

武士にとって切腹は格別な意味を持つ。切腹した者は、その罪を問わないという慣例のようなものもある。

「わかった。若年寄という賊に与した罪は重いが、それを償うべくして行動し、吾が身をもって天朝さまへ奉公したことは考慮すべきである。追って天朝さまよりご沙汰があろう。それまでは我らに従え」

東山道軍先鋒総督府は、とりあえず堀家の罪を問わなかった。

慶喜の恭順、勝海舟の交渉もあり、江戸城は無血開城され、徳川幕府はその命運を完全に断たれた。

堀家はその間も以降も、信州で官軍に与しない大名家へ兵を向かわせたり、奥州征討に多くの藩士を出すなどして、必死に朝廷へ尽くした。

そして、五月十四日、朝廷は正式に堀家の存続を認め、直虎の弟直明による家督相続を認めた。

さらに戊辰戦争での活躍を賞した朝廷は、堀家に五千石の賞典禄を与え、後に一万石の大名には破格の子爵位を下賜した。

堀直虎命がけの策は、あたったのである。

享年：三十三

（一八三六―一八六八）

戒名：廣顕院殿前少府令佑道靖忠大居士

直虎といえば、二〇一七年のNHK大河ドラマで取りあげられた女城主井伊直虎がまず頭に浮かぶだろう。

井伊直虎については、男だという説、実在していない説などもあるが、女城主はたしかに珍しいものであっても、戦国期には何人かいた。有名なところで不敗の名将戸次道雪の娘で猛将立花宗茂の妻となった誾千代、織田信長の叔母で美濃の国人領主遠山景任の妻おつやがある。本筋から外れるので、詳細は避けるが、ご興味のお方はお調べいただきたい。

さて、井伊直虎のおかげで日陰に追いやられた感のある堀直虎は、信州須坂一万石の外様大名であった。九州や中国に比べて江戸に近く、参勤交代の手間が少ないとはいえ、一万石ていどの小藩の内証は厳しい。堀家もご多分に漏れず、藩財政は火の車だった。

ではどうすればいいか。新田開拓などすでにやり尽くしているし、さらに始めるとなればかなりの金がかかる。戦がなければ、手柄を立てて加増してもらうこともできない。また外様大名では、寺社奉行や若年寄などの役目に就くこともできず、余得も入って来ない。

そこで堀家は、代々徳川へ譜代にしてくれと願ってきた。これを願(ねがい)譜代といい、外様から譜代へと家格を変えてもらえれば、幕府の役目に就いたり、御手元金下賜という名の一時金供与を受けられる。脇坂(わきざか)家のように願譜代に成功し、寺社奉行、老中などに就任した例もあり、堀家もそれを狙ったようだ。

とはいえ、そうそう願譜代なんぞ認めていては、幕府の規律が崩れる。関ヶ原の合戦直後からだった堀家の願いは、とうとう認められず幕末に至った。

そして徳川幕府倒壊の危機が訪れた。それに堀直虎はかけた。徳川が勝てば、堀家は重用される。だが、その賭は慶喜の恭順で敗れ、堀直虎はすべての責任を取って、自害した。屋敷ではなく、江戸城内で切腹した。ここに私は堀直虎の無念を感じた。

漸く腹

西郷隆盛

上野恩賜公園は、たくさんの人で溢れていた。赤城山から吹きおろす風の寒さも人いきれに負け、公園は熱気に包まれていた。

「そろそろじゃの」

伯爵吉井友実が懐中時計を確認した。

「西郷翁の銅像除幕式を始めましょうぞ」

吉井友実の合図で、用意されていた椅子に座っていた招待客たちが立ち上がった。

「幕を外せ」

「はっ」

銅像にかけられている白い布、その端に結びつけられている紐を数人の男たちが力を合わせて引いた。

「おおっ」

「見事な」

現れた銅像に見物の人々から感嘆の声が上がった。

西郷隆盛本人を高村光雲、愛犬ツンを後藤貞行という当代の名士の二人が担当した銅像は、見事なできであった。

「浴衣姿で兎取りの罠を仕掛けに愛犬を連れて山行きをされる。西郷どんの飾らぬ人柄が見事に出とる」

「あの遠くを見すえる眼が、往年を彷彿とさせるではないか」

吉井友実と海軍大将樺山資紀が顔を見合わせてうなずき合った。

西南戦争で明治新政府に反逆し、朝敵とされた西郷吉之助隆盛だったが、明治二十二年（一八八九）二月十一日の大日本帝国憲法発布に伴う特赦でその罪を許され、その遺徳を偲んだ有志によって銅像建立の運動が始まった。

宮内省から五百円という大金が下賜されたこともあり、順調に全国からの寄付も集まり、ようやく本日、そのお披露目となった。

じつに計画が始まってから九年、鹿児島で西郷隆盛が非業の死を遂げてから二十一年の歳月が過ぎていた。

「よろしゅうございましたな、ご夫人」

吉井友実が、隣で銅像を見上げている西郷隆盛夫人の糸子に声をかけた。

「…………」

糸子は唖然として像を見つめていた。

「ご夫人、刀自どの」

その様子に吉井友実が糸子の肩に手をかけて揺さぶった。

「……あ、はい」

ようやく糸子が吉井友実に気づいた。

「どうなされた」

吉井友実が糸子に訊いた。

「……これが、宿んしでございますかのお」

糸子が首をかしげた。

宿んしとは薩摩言葉でいう夫のことだ。糸子はこの銅像が西郷隆盛のものかと尋ねていた。

「さよう。この威風、他の誰にも出せますまい」

郷土の誇りだと吉井友実が一人納得していた。

「宿んしは、こげんなお人じゃなかったこてえ」

はっきりと糸子が首を左右に振った。

「なんのこつ」

思わず吉井友実が訛り(なま)を出した。

「宿んしは、こげんなお人じゃなかったこてえ」

もう一度糸子が否定した。

「夫人さ、落ち着け。銅像じゃし、見た目が多少違うのはしかたんなか」

吉井友実が糸子を宥め(なだ)めた。

「わしらの思い出の西郷どんは、これでよか。のう、皆の衆」

「ほんなこつ」

「おおよ。大西郷どんはこれじゃあ」

同意を求めた吉井友実の言葉に応じる人々の声で上野恩賜公園は満ちた。

「宿んしの目は、こんなに生きたまなざしはしとらんかった……」

糸子の小さなつぶやきは歓声のなかに埋もれ、誰の耳にも届かなかった。

慶応四年（一八六八）四月十一日、寛永寺で謹慎していた徳川十五代将軍慶喜が、蟄居先の水戸を目指して出発した。

「上様……」

「おいたわしい」

慶喜の乗った駕籠を旗本、御家人が平伏して見送った。

「おのれ、薩摩、長州の謀叛人どもが」

「我ら旗本の力見せてくれるわ」

将軍の行列とは思えない少ない供揃えに、見送りしていた旗本たちが憤った。

「薩賊を廃し、上様をふたたび江戸城へお迎えする」

慶喜が出て行ったばかりの寛永寺に、旗本、御家人、諸藩の藩士たちが集まって気炎を上げた。

「前将軍への待遇にふさわしからず」

江戸湾に駐留していた幕府海軍も臨戦態勢を取った。

「このままでは、戦になる。なんとか江戸を焼かぬために尽くしてきたというに」

徳川家軍事取扱となっていた勝麟太郎安房守が、寛永寺に籠もり彰義隊と名乗っていた者どもと海軍総裁だった榎本武揚を説得するが、効果はまったくなかった。

「売国奴(ばいこくど)が」

「貴兄の言葉に信はおけませぬ」

彰義隊頭並天野八郎(あまのはちろう)は江戸無血開城を受け入れた勝麟太郎を蛇蝎(だかつ)のごとく嫌い、榎本武揚は薩長の慶喜への態度に怒っていた。

「悪いがお手上げだ」

幕府が崩壊し、徳川家は武力を放棄した。徳川家の陸軍、海軍を統括する軍事取扱だった勝麟太郎にもはやなんの力もない。

勝麟太郎は西郷隆盛の前に頭を垂れた。

「なんとか穏便にすましちゃもらえねえか」

「そんなこつお引き受けできもはん」

西郷隆盛が首を横に振った。

「抵抗せんというお約束でござった」

「そうなんだけどよ。そこをなんとか頼む」

拒む西郷隆盛に、勝麟太郎がすがった。

鳥羽(とば)伏見の戦いで敗北した徳川慶喜は、大坂城に一万近い兵を置き去りにして江戸へ逃げてきた。

「朝敵になるわけにはいかぬ」

逃げた理由を慶喜は説明したが、それを受け入れる譜代大名も旗本もいなかった。

「洋式歩兵を中心とした幕府陸軍を箱根へ向かわせ、天下の険を盾に東海道を下ってくる薩長の賊徒を足留めし、そこに幕府海軍が駿河湾から砲撃を加えれば、烏合(うごう)の衆など一蹴できる」

幕府陸軍奉行並小栗上野介忠順が慶喜の袴の裾を摑んで力説した。

「賊軍を一蹴したとあれば、尾張、紀伊(きい)の御三家も正道(しょうどう)に戻りましょう」

すでに朝廷へ恭順している御三家をまだあてにする者も多く、とても慶喜の望む恭順謹慎を認める者はいなかった。

「安房守、後を任せる」

慶喜はここでも逃げた。

「勝どの、決断を」

「おいらは徳川の家臣だからな。主君の命には従わざるをえねえ」

もともと幕府海軍の創設にかかわり、いまだその影響力を残している勝麟太郎に合力(ごうりき)を迫った小栗上野介を煙(けむ)に巻いて、勝麟太郎は旧知の西郷吉之助と連絡を取ろうとした。

「悪いな。さすがに徳川、長州の両方に悪評高いおいらが行っては問題が出る」

身分、経歴、思想にかかわりなく馬鹿は馬鹿だと遠慮なく指摘する勝麟太郎の評判は悪い。

「異国がこの国を狙っているときに、倒幕だと。馬鹿だな、おめえらは」

長州が暴れ出したとき、勝麟太郎ははっきりと嘲笑した。それが今に響いていた。

「わかり申した」

勝麟太郎の依頼を受けた山岡鉄太郎(やまおかてつたろう)が、東海道を進軍してくる薩長を通り抜け、西郷吉之助との連絡をつけた。

その後、品川で会談した勝麟太郎と西郷吉之助の間で、江戸無血開城の話し合いが成立、慶喜は実家である水戸徳川家へと退去した。

そのときの条件に武士や町人が江戸城引き渡しに抵抗したときは、できるだけ徳川家の手で抑えるというのがあった。それを勝麟太郎は無理だと告げ、西郷吉之助は、だったらどうなってても知らないと答えたのだ。

「まあ、こっちの連中が阿呆だからな。無理もねえか」

あっさりと勝麟太郎もあきらめた。

「邪魔したな」

勝麟太郎が腰を上げた。

「……なあ、西郷」

会談していた部屋を出かかった勝麟太郎が足を止めた。

「いい加減にしなよ。死人はなにも成し遂げられやしねえ。産みの苦しみをこえて、新しいものを世に放てるのは、生きている者だけだ。倒幕は目的であって、願いではなかろうが」

「…………」

背中を向けたままで言った勝麟太郎に西郷吉之助は応じなかった。

「これで役目は終わったという顔をするのはおいらだぞ。おいらは徳川の幕を引いた。幕の下りた芝居に残るのは、舞台裏の片付けだけだ。二度と幕は開かない。もう、観客のことなんぞ考えなくてすむ」

勝麟太郎が、振り向いて座っている西郷吉之助を見た。

「おめえは違うよな。脚本を書いたのが、誰かは知らねえよ。だがよ、おめえたちは幕を開けちまったんだ。倒幕という芝居の幕を。江戸開城で芝居が終わるとは思っちゃいめえ。やっと序盤だ。ここから芝居はますます佳境に入る。またぞろどんぱちの場面も出てくるだろう」

一度勝麟太郎が言葉を切った。

「その芝居の舞台に役者としてあがったんだ、おめえさんはよ。舞台から降りるには、おいらのように出番を終えるか、龍馬（りょうま）のように命を落とすかしかねえ」

「坂本（さかもと）さんのように……」

黙っていた西郷吉之助が反応した。

「あいつは阿呆だ。なんも考えていねえ、己がおもしろければいいという阿呆だ。脚本を書いた者から見たら、勝手に話を変える困った役者でしかねえ。だから、舞台から引きずり降ろされた」

「勝先生……」

坂本龍馬を殺したのは、徳川ではないと勝麟太郎は言ったに等しい。西郷吉之助が勝麟太郎を見上げた。

「おめえは大馬鹿だ。これ以上いねえほどの大馬鹿だ。大馬鹿だからこそ、愚直に台本通りに芝居を進める。そして大馬鹿だからこそ、皆、付いてきた。おめえさんには私利私欲がねえ。立身してえだとか、金持ちになりてえとかがな。人じゃありえねえよ、それはな」

勝麟太郎が泣きそうな顔をした。

「徳川を倒すという芝居は第一幕だ。おめえさんが演じている芝居は、その先がある。この国を変えていくという大芝居だ。幕はいくつあるか知らねえが。そのすべてにおめえさんは出なきゃいけねえ。おめえさんが出なくなったところで、芝居は終わる。それが終幕であればいいがな」

「終幕でなければ……」

「国が滅ぶ……かもしれねえよ」

勝麟太郎がふたたび背を向けた。

「なあ、西郷よ。ときの流れっていうのは、無慈悲なもんだな。おおよそ二百七十年天下を守ってきた徳川が、今では朝敵だ。さて、官軍がいつまで官軍でいられるか。じゃあな」

「……」

もう振り向くことなく勝麟太郎は去り、残った西郷吉之助はまたも沈黙した。

徳川家は敗北した。

そして、敗残兵となった彰義隊や榎本艦隊に新政府はやさしくなかった。

まず寛永寺に籠もって気炎を上げている彰義隊が、討伐された。

五月十四日、雨のなか開戦した新政府軍は彰義隊の猛抵抗に遭ったが、イギリスより購入した新式大砲のアームストロング砲まで持ち出して攻撃、一日で陥落させた。二千人とも三千人ともいわれた彰義隊は百人をこえる死者と千近い戦傷者を出して崩壊、生き残った者は散り散りに逃げ落ちた。

江戸を逃げ出した彰義隊などの兵は、北に逃げるしかなかった。新撰組の一部などが中山道を上って甲府城を接収しようとしたが、すでに新政府によって占領されており、手痛い迎撃を受けて壊滅。西や南への経路は完全に遮断されていた。敗残兵は結果、新政府側に対抗するだけの力を維持している奥羽越列藩同盟へ参加した。

「残党を掃討する」

これが大きな名分を薩摩藩、長州藩を中心とした新政府に与えた。

もともと奥羽越列藩同盟は、朝敵にされた会津藩と庄内藩の救済と徳川家への恩典を授けるように嘆願する目的で結成された。

新政府と争うつもりのなかった奥羽越列藩同盟は、こうして戦いに巻きこまれていった。

もともと利害関係も一致せず、ただ漠然と同盟を組んだだけであった奥羽越列藩同盟は、新政府の切り崩しによって崩壊。庄内藩は降伏、抗戦した会津藩は蛤御門の変の恨みを晴らそうとした長州藩たちの猛攻を受けて壊滅、敗北した。

榎本艦隊は新政府から撃たれることはなかったが、江戸を出て奥羽へ向かう途中大嵐に遭い、艦隊としての体裁をとれなくなるほどの被害を受けた。かろうじて仙台藩の塩釜港まで行き着くが、新政府に恭順した仙台藩から出航を求められ、蝦夷地に新天地を求めて移動した。

その榎本艦隊を軍事の中心として、新政府への反発を持つ者が五稜郭城を中心として蝦夷共和国を立ち上げたが、全国を支配しようとする新政府軍が許すはずもなく、猛攻を加え、鎮圧した。

明治二年（一八六九）五月十八日、蝦夷共和国が全面降伏。嘉永六年（一八五三）六月三日、アメリカ東インド艦隊マシュー・ペリーが浦賀に来航してから始まった尊皇攘夷運動から派生した倒幕は、ここに終結した。

「これで戦がなくなる」

「国を一つにして、欧米列強と肩を並べる」

「荒れた国土を回復させねばならぬ。これは戦よりも数倍困難だ」

安堵をする周囲、

「三百年の恨み、関ヶ原の復讐を終えた」

「これからは、我らが天下を動かす」

徳川への恨み、妬(ねた)みを持っていた外様大名家の藩士たちは歓喜した。

「また一幕終わっただけ。これで終わりではなか」

一人、西郷吉之助が小さく首を左右に振った。

新しく国を造る。これは大事であった。

徳川幕府を倒すために力を合わせた薩摩藩、長州藩、佐賀(さが)藩、土佐(とさ)藩などは、国政を担って混乱した。なにせ今まですべてを徳川幕府に丸投げしていたのだ。

それが欲しくて奪った。

だが、奪ってみてわかった。国事というものは面倒極まりない。しかも、関ヶ原の合戦のころにはなかった外交もある。

また、倒幕のころの主人公となった勤王の志士たちは、藩のなかでも身分が低く、政の経験などほとんどなかった。

そんな連中が、いきなり大臣だとか、大将だとか責任ある地位になった。

「どうやればよいかわからない」

「なにがどうなっている」

「吾の足を引っ張るつもりか」

まだ若い功臣たちが思いのままにならぬ政に苛立ち始めるまでときはかからなかった。

「それは吾の担当だ」

「他人の権に口を出すな」

死線を共にくぐり抜けてきた仲間だったのが、いつの間にか仇敵(きゅうてき)のようになり、意見の対立が生まれた。

明治三年(一八七〇)、徳川幕府から引き継いだはずの対外関係が、その対立に拍車をかけた。

「過去の文章と適合せず」

新政府の誕生の報告と今まで通りの国交を望んだ明治新政府が出した外交文書を朝鮮が突き返してきた。

「使者を派遣して……」

明治新政府が送り出した数度の使者もなすすべなく追い返された。

「朝鮮の無礼許すまじ。皇国の恥辱を晴らさずして、臣下たるをえず」

最初使者となった久留米出身の佐田白茅が朝鮮の対応に激怒、帰国直後から軍を派遣して懲罰を与えるべきだと論を張った。

「今は国内の安定を優先すべきである」

「いや、この勢いをかって外征をし、国土を広げることこそ肝要」

不協和音を奏でていた新政府内部が、とうとう二手に分かれて争いを始めた。

「日本夷狄に化す、禽獣と何ぞ別たん、我が国人にして日本人に交わるものは死刑に処せん」

ときの朝鮮国王高宗の父興宣大院君が出した布告が、それに油を注いだ。

「ただちに兵を出すべきではごわはん。まずは小官を使者として向かわせられたし」

収拾が付かなくなった議論に、西郷吉之助隆永改め隆盛が手を挙げた。

明治新政府が西郷吉之助の名前をまちがえて、その父の諱で登録してしまった関係で、西郷隆永は隆盛となっていた。明治天皇のもとにあげられた名前をまちがいでしたとは言えないのだ。

　議論に口出しすることを好まない西郷隆盛だったが、欧米の政治を学ぶべく外遊に出た盟友大久保利通から留守中のことをくれぐれも頼まれていたこともあり、名乗りをあげた。

「我ら外遊使節団が帰って来るまで、大きなことをしてくれるな」

「わかっておりもす」

　内政を担当する大久保利通の苦労は、陸軍大将にまつりあげられて実務のほとんどを丸投げできる西郷隆盛の何倍にもなる。西郷隆盛は己が行くことで、大久保利通たちが帰って来るまでの時間稼ぎをしようとした。

　維新最大の功臣、西郷隆盛の登場にも異論は出た。

「朝鮮にいる我が国の民を守るべく、ただちに派兵すべきである」

　参議板垣退助が、使者を送っての交渉では間に合わないと反対した。

「陸軍大将が出向くことで、我が国の誠意を見せ、まずは交渉の場を開くことこそ良策」

　後藤象二郎、江藤新平らが西郷の意見を支持した。

「西郷さんほどの人物を行かせて、もし朝鮮がまともな対応をしなかったとき、こちらは引くに引けなくなる。わたくしが使者になろう」

清国との外交をまとめた副島種臣が使者に立候補した。

「副島どんでもよか。さすれば名分が立ちもそ」

西郷隆盛は、平然と言った。

「おいどんたちを受け入れて交渉の場についてくれればなにより。高宗王にお目通りがかなえば、誠心誠意我が国の状況をお伝えし、今までのいきさつはなかったこつとして新しい付き合いができもそ」

使者として最高の結果を西郷隆盛は口にした。

「もし、一国の正式な使者としての扱いをせず、あしらうようなこつをすれば、諸外国にその非を訴え、それを足がかりに交渉を有利に進められまっしょ」

外交というのは、つけいる隙を与えたほうが負ける。

「そして……万一、おいどんらが害されたら、そんときは戦をしかけられればよか」

一国の使者を殺せば、国際的な批判は避けられない。どころか、開戦の口実となって当然であり、たとえ朝鮮の宗主国である清国でさえ介入できなくなる。介入した場合、朝鮮が日本に与えた損害を、清国があるていど肩代わりしなければならなくなるからだ。

「そこまで……」

西郷隆盛の覚悟に、太政大臣三条実美が折れた。

明治六年（一八七三）八月、西郷隆盛を朝鮮への使者として出すことが決定した。

それに待ったをかけたのが欧米視察に出ていた岩倉具視、大久保利通らであった。九月に帰国した岩倉具視らは、朝鮮との最終外交になりかねない西郷隆盛の派遣を時期尚早として反対、議論はふたたび振り出しに戻った。

十月、長く続いた議論に疲れ果てた三条実美が病に臥し、岩倉具視がその職責を預かったことで征韓論に決着が付いた。

「岩倉の言うとおりにいたせ」

明治天皇が西郷隆盛の意見を退けた。

「ご宸襟を悩ました責を取る」

西郷隆盛は、官職を辞し、故郷鹿児島に隠遁した。もっとも西郷隆盛の功績は偉大であり、参議、近衛都督の辞任は許されたが、陸軍大将は従来のままとされた。

「やってられぬ。外遊をしていて実情を知らぬくせに」

一度結論が出てから反対した岩倉具視への反発は大きく、江藤新平、板垣退助、後藤象二郎、副島種臣ら参議も下野した。

「西郷どんと同行するのが、おいの心情じゃ」

陸軍少将だった桐野利秋（きりのとしあき）ら薩摩出身の軍人、官僚も続いた。その数、六百人をこえ、政府は大混乱に陥った。

これを好機と捉えたのか、新政府樹立後勢力争いに負けて退いていた長州の山県有朋（やまがたありとも）、井上馨（いのうえかおる）らが復帰、政権の色合いが大きく変わった。

「すまん」

ことが落ち着いたころを見計らった大久保利通が西郷隆盛を訪れた。

「なんも詫びは要らん。やっと楽になれる」

西郷隆盛が首を横に振った。

「鹿児島へ帰れるんぞ。なんちゅうこつなか」

「……」

大久保利通が安堵する西郷隆盛にあきれた顔をした。

「政と縁が切れると思っておるなら甘いとしか言えんが……まあ、しばしの休みじゃ」

肩の荷を下ろしたと口にした西郷隆盛に大久保利通が哀れみの目を向けた。

政敵に蹴落とされた形になった西郷隆盛は、明治六年十一月十日帰郷した。

「こんままでよかが」

武村(たけむら)の自宅に隠棲を決め込んだ西郷隆盛のもとに多くの人が来て、奮起を促した。

「聞けば、長州の前原一誠(まえばらいっせい)どのが、政府に西郷どんの復帰を強く奨(すす)める建白書を出されたとか」

すでに新政府から切り捨てられ下野していた前原一誠は、西郷隆盛の失脚を強く怖れ、新政府が山県らの影響下に入ることを懸念した。

「復帰なさるべきじゃ」

「なんもやりもはん」

己を信奉する桐野利秋らの奨めを西郷隆盛は拒んだ。

「もう、おいが出る意味はなか。晴耕雨読こそ、おいの願いじゃ」

西郷隆盛は政界からの引退を断言した。

毎朝、愛犬のツンを連れ兎を狩りに出て、たまに畑仕事をし、それ以外は煙管を咥えて居間で休む。

まさに有言実行、西郷隆盛は国事から完全に離れた。

西郷隆盛は穏やかな日々を過ごし年をこえたが、世間は荒れた。

征韓論で破れた者たちの不満が膨らみ、まず佐賀で爆発した。

西郷隆盛に同調して参議を辞した佐賀出身の江藤新平が、同志を糾合して挙兵した。それに自由民権運動の広がりに懸念を表し、武家による封建制度に帰すべきだという秋田県権令だった島義勇率いる憂国党が合流、合わせて五千をこえる士族が新政府に背いた。

「我らが旗を揚げれば、西郷隆盛や、前原一誠も同調する。さすれば全国の士族も立ち上がるだろう」

江藤新平の檄はたちまち佐賀に広がったが、国元にいた旧佐賀藩主の一門鍋島茂昌が応じなかったことと奥羽越列藩同盟を相手に軍略を駆使した前山清一郎が把握する佐賀藩中立党が新政府側に付いたなど、大いに思惑は外れ、明治七年（一八七四）二月一日に始まった乱は、翌三月一日に鎮圧された。

「なぜ、一緒に立ってくれなかった」

佐賀を落ち延びた江藤新平が、ひそかに西郷隆盛を訪れて非難した。

「もう、おいどんの出る幕はなか」

西郷隆盛は一言で江藤新平の文句をいなした。

「それですむか。大西郷ともあろう者が」

「おいはただの田舎もんじゃ」

責める江藤新平を、西郷隆盛は否定した。

「見損なった」

一日西郷隆盛と接した江藤新平は、翌日薩摩を去った。

「ともに兵を率いる。もう、そんな日は来ん。ようやく国造りという芝居は佳境に来たんじゃ。これからは外国との遣り取りが主になる。もう、国内でもめる場面はなか。いや、あっちゃいかんのじゃ」

西郷隆盛は、江戸開城を決めたときと同じ目をしていた。

征韓論を潰した明治新政府が、舌の根も乾かぬうちに台湾（たいわん）へ派兵することを決議した。

明治四年（一八七一）、遭難漂着した琉球（りゅうきゅう）の民を台湾の先住民たちが襲撃、五十四人が斬首されるという悲劇が起こった。それに対する賠償を台湾を支配していた清国が拒んだことで、自ら誅伐すべしと台湾出兵が決議された。

「征韓は認めず、台湾に兵を出すなど」

「西郷どんを軽くするつもりか」

世間も一貫性のない新政府の行動にあきれた。なかでも鹿児島の反発は強かった。

「なんとか兵を出してくれんか」

大日本帝国として最初の海外派兵である。挙国一致の形を取りたい新政府が、兵を出さないと拒んだ鹿児島を宥めるため、西郷隆盛の弟、陸軍中将西郷従道を派兵司令官ともいうべき台湾蕃地事務都督に就け、協力を求めた。

「おいも台湾派兵は反対じゃ。しかし、従道が行くなら仕方なか」

西郷隆盛の徴募に八百人の若者が応じた。

新式の装備に身を固めた大日本帝国軍と、旧来の軍備しか持たない台湾の兵では勝負にならず、決着は早くついた。大日本帝国軍の戦死八人戦傷二十五人と戦いによる被害は少なかったが、マラリアなど経験のない風土病に襲われた派遣軍は全員が一度ならず罹患して臥すという悲惨な状況になり、五百人をこえる病死者を出した。

「あたら若者を無駄死にさせてしもうた」

状況を聞いた西郷隆盛が悔やみ、一層引きこもりがちになった。

「せっかく西郷どんが鹿児島へお帰りじゃったんじゃ。若者（にせ）どんを鍛えてもらいたか」

「大西郷を無駄遣いするなど論外」

だが西郷隆盛を希求する声は途切れるどころか強くなった。

「青二才どもを鍛えもそ」

明治七年六月、西郷隆盛は明治新政府から与えられた賞典禄のなかから二千石を供出、鶴丸（つるまる）城のなかに、陸軍士官養成のための幼年学校、銃隊学校、砲隊学校を設立した。

「西郷どんの思いを助く」

県令大山綱良（おおやまつなよし）が八百石、桐野利秋も二百石を出した。

このうち幼年学校は国からの賞典禄だけで設立されたことで、賞典学校と呼ばれ、残りの銃隊学校、砲隊学校は賞典禄の残りと、私費をもって維持されたため、私学校と呼ばれた。

「鹿児島のためになる」

名前は私学校だったが、県令大山綱良の指示によりその費用はすべて鹿児島県が負担していた。

漢文の素読と軍事教練だけをおこなう賞典学校と私学校には、もと鹿児島城下の士族しか入学できず、ちまたでは明治六年の征韓論で破れた不平不満を抑えるために作られたと噂されていた。

事実、明治新政府のやりかたに士族の不満は高まっていた。西郷隆盛に従って中央から鹿児島へ戻った士族のほとんどは無職になった。藩がなくなったため、家臣とも言えなくなった。

することがなければ、人というのはろくな考えをしなくなる。農業に精を出す、なにかを学ぶ、を選べば暇はなくなるのだが、それをせず不平不満を言う者が多い。昼間から酒を呑み、新政府の悪口を言う者が増えた。

私学校は、そういった連中の受け皿という意味もあった。

不満は鹿児島に限ったことではなかった。士族の多くが新政府に満足していなかった。

古い封建制度から近代国家への転換を図った明治新政府は、士族という特権階級を邪魔にした。まず、版籍奉還をおこなわせ士族の足場を奪った。

版籍奉還とは、各地を治めていた諸大名がその領地を天皇家へ返し、代わって封禄を与えられるというものであった。

「面倒から解放される」

「借財を返さずにすむ」

大名のなかには諸手を挙げて賛成した者もいたが、武士の多くが不満を漏らした。

「一所懸命で先祖が得た土地を取りあげられるのは」

武士の本来は戦で敵を滅ぼし、その手柄に応じた知行地を与えられることだ。土地を持つ。それはふさわしいだけの手柄を立てた家であるとの証明であり、武家としての名誉であった。それを政府は取りあげようとしている。

「徳川を滅ぼしたのは、我らだ」

とくにその反発は、戊辰戦争で徳川と戦った薩摩、長州、土佐、肥前で強かった。

「皆、朝廷の武士になる。今までは朝廷さまの下に藩主公があった。しかし、版籍奉還では、すべての土地を朝廷さまにお返しする代わりに、同じだけの禄がいただける。すなわち、武士は皆、朝廷の直臣になる」

陪臣から直臣への格上げになるという話が広まり、なんとか不満は収まった。

しかし、それも一時であった。

続けて徴兵制が施行されたことで、武士が独占してきた武力が平民にも開放された。

「鍬(くわ)や鋤(すき)しかもったことのない百姓がなにほど役に立つか」

当初嘯(うそぶ)いていた士族も、刀ではなく鉄炮が主となる新たな戦いを知って顔色を変えた。

「戦わぬ者に禄は不要である」

新政府の財政支出の半分近くが士族、華族への禄であり、このままでは諸外国と肩を並べるだけの国力を手に入れられない。

ついに明治新政府は武士から禄を取りあげる方針を固めた。

「自主的に禄を返上した者には、生計を維持するための起業、帰農の費用を公債の形で支給する」

明治六年（一八七三）十二月二十七日、新政府はまず士族たちを試した。が、これに応募した者は三割程度に留まった。

「これでは意味がない」

新政府の財政を担当していた大久保利通たちは、思ったほどの効果がなかったことに落胆した。

「思いきってすべての士族に対し、強制するしかない」

「いや、無理は士族の反乱を招く」

新政府で議論は重ねられたが、ない袖は振れない。

「禄高の廃止と金禄公債証書を発行する」

明治九年（一八七六）八月五日、明治新政府はすべての士族から禄を取りあげると発表した。

公債は、政府が発行する借金証文である。禄を数年分一括で支払うといいながら、そのじつはそこに書かれた年数、金利で借り上げる形になる。それも数年分を三十年で償還するというまともとは思えないものであった。

金利も一割から七分と少なく、元金に手を付けず金利だけで生活することはまず不可能であった。

知行を取りあげられ、代わって支給された禄がいきなり廃止になる。今までであれば藩主へ諫言をすればよかったが、今度は相手が遠い。なにせ江戸あらため東京まで行かなければ、新政府にもの申せない。

また、武力という優位も徴兵制によって奪われた。

「このままでは士族の誇りまで奪われますぞ」

鹿児島での憤懣が高まっていた。

「西郷どんに政府へ復帰していただき、馬鹿なこつを考えた役人どもを追放してもらうしかなか」

後進の育成のために私学校などを建てたが、積極的にはかかわらず、狩りと農業と清閑に日々を費やしている西郷隆盛を担ぎ出そうとする動きも活発になってきた。

「政府には、大久保どんがおる。大事なか」

日に日に強くなる要望にも西郷隆盛は応じなかった。

大久保は西郷隆盛の盟友である。しかし征韓論にも反対の立場を取り、下野した西郷隆盛とは逆に、新政府の中枢に居続け、現在では自ら創設した内務省の長をしていた。

とはいえ、西郷隆盛とは幼なじみでもあり、ともに十一代薩摩藩主島津斉彬によって見いだされた者同士で、深い信頼で結ばれていた。

「金がないときに外征なぞできるものではない」

征韓論に反対した理由も明確であり、西郷隆盛も意見は違ったとはいえ、大久保利通とのつきあいは変えていなかった。

「なにより、薩摩は新政府の中心となった藩でごわす。その薩摩が揺れ動いては維新の大業が無になりもす」

薩摩こそ新政府の要だと西郷隆盛は、士族の不満を抑えた。

「じゃが、このままでは士族は骨抜きに……」

桐野利秋らが喰い下がった。

「……ときは来る」

静かに西郷隆盛が述べた。西郷隆盛は時代が武士を不要としていることに、いや、危険視していることに気づいていた。なにせその武士が藩の枠をこえて手を結んだからこそ、徳川幕府を倒せたのだ。新政府が同じ危惧を抱いて当然であった。

西郷隆盛は士族の最期が来ると確信していた。

「お任せもうす」

立つときは立つと誤解した桐野利秋らが落ち着いた。

残念ながら西郷隆盛のような人物がいなかった地方は、爆発した。

まず熊本で敬神党が蜂起した。

「士族あっての我が国だ」

金禄公債証書発行の太政官令から三カ月も経たない十月二十四日、太田黒伴雄、加屋霽堅らに率いられた二百人弱の士族が熊本鎮台司令官種田政明、熊本県令安岡良亮らの官舎を襲撃、その勢いのまま熊本鎮台へ突入、砲兵営を占拠した。

しかし、敬神党だけで熊本鎮台を維持できるわけもなく、翌日には制圧された。

「熊本が挙兵した」

十月二十七日、敬神党の蜂起を知った旧秋月藩士たちが、暴挙を止めに来た福岡県巡査を殺害。かねての計画通り、旧豊津藩士たちと合流すべく豊津に向かったが、豊津の士族は新政府恭順と意見を転換しており、小倉鎮台の兵を招き入れて旧秋月藩士たちを討たせた。

また、薩摩と並ぶ新政府の根幹でもある長州萩でも動きがあった。

西郷隆盛の下野と入れ替わるように政府へ再出仕した山県有朋の徴兵制に反対

し、参議を辞した前原一誠が、同志たちを糾合して蜂起した。

だが、すでに前原一誠の計画は新政府の知るところとなっており、四百人近い大規模な反乱ながらなすすべもなく、広島鎮台から出された兵によって抑えられた。

同時に行動するはずだった佐賀不平士族が見送ったことも後日あきらかとなった。

敬神党の決起から数日で旧秋月藩士たちも、結果的には寝返った豊津藩士たちも、前原一誠の一党も挙兵した。そう、不平士族は連絡を取り合っていたのだ。

「熊本、秋月、豊津、佐賀、そして萩。維新の原動力となったところが手を組み、我らに薩摩の西郷どのが呼応してくれれば、政府をひっくり返せる」

前原一誠は早くから、その手立てを考えていた。

「土佐に逃げた江藤新平君が無事でいれば、四国でも狼煙(のろし)が上げられたのに」

先に佐賀で乱を起こした江藤新平は、西郷隆盛と別れたあと土佐に逃げたところで捕縛され、刑場の露と消えていた。

前原一誠の計画は江藤新平の勇み足がなければ、成功していたかもしれなかった。なれど、江藤新平も前原一誠も、西郷隆盛を計算に入れていたことが失敗であった。

「今こそ立つべし」

敬神党の一件を知った桐野利秋が西郷隆盛を訪れた。

「いや、今は動くときではなか」

西郷隆盛は首を横に振った。

「いつじゃったら、よかと」

桐野利秋が焦れた。

「わからん。ただ、むやみに兵を挙げては国が荒れる」

はっきりと西郷隆盛は言わなかった。

「それほど今の国を愛おしんでおられると」

大山綱良が西郷隆盛に訊いた。

「もう一度国を造るなど、無理じゃ」

西郷隆盛は首を横に振った。

「じゃが、こんままでは、我らは……」

薩摩は独特の気風を持つ。武を誇り、身分を厳格に守る。また、同郷の者を慈しむことにかんしても他国を凌駕（りょうが）する。いわば薩摩は国を挙げて家族であった。

「大久保どんらに任せればよか。きっとうまくやってくれもそ」

「それでこうなったのでごはんぞ」

桐野利秋が反論した。

「手遅れになる前にお立ちを……」

陸軍大将である西郷隆盛が命じれば、陸軍は従う。さらに薩摩出身の将兵が多い海軍も敵対はしない。そして暴徒鎮圧の主戦力ともなる警察は、西郷隆盛の引きによって初代邏卒(らそつ)総長、大警視となった川路利良(かわじとしよし)が率いている。

誰もが西郷隆盛さえその気になれば、新政府は倒せると信じていた。

「いいや、もうおいの出番は終わった。おいはこのまま静かに終わりたい」

西郷隆盛が告げた。

「終わった……」

桐野利秋が首をかしげた。

「国を変え、国を守る。それがおいの仕事じゃった」

「なればこそ、今、声をあげられるべきでごはんぞ」

桐野利秋が迫った。

「士族が駄目になれば、国は滅びますっぞ」

大山綱良も西郷隆盛に語った。

「国が滅ぶ……多くの人を死なせて造った国が」

西郷隆盛が大山綱良を見た。

「……」

大山綱良が息を呑んだ。

「どげんした、大山どん」

変化に気づいた桐野利秋が、大山綱良に問うた。

「い、いや、今日のところは……おい、利秋」

大山綱良が、桐野利秋を誘って西郷隆盛のもとから辞した。

「なにがあった。途中で席を立つような無礼を西郷どんにするなんぞ、おはんらしからんぞ」

西郷隆盛の家を出たところで桐野利秋が大山綱良に尋ねた。

「……」

大山綱良は反応しなかった。

「おい、大山どん」

焦れた桐野利秋が、大山綱良の肩を揺さぶった。

「……深淵」

「なんじゃ、そらあ」

大山綱良の口から漏れた言葉に桐野利秋が怪訝な顔をした。

「なんもない。なんもなかったんじゃ。西郷どんの目には」

「……なんもないじゃと。そりゃあなにか、西郷どんは不平士族の反乱についてなんも感じておらんちゅうか」

「不平士族だけやったらええが……」

確認する桐野利秋に、大山綱良が力なく顔をうつむかせた。

「だけやったら……」

「西郷どんは、すべてを捨て去られようとしている気がする」

大山綱良が震えた。

「すべてを捨て去る……維新の立役者としての名声も、陸軍大将という職もか」

「だけじゃなか。士族も薩摩も、もう西郷どんのなかでは過去のことになっちゅうのではなかか」

確かめるように言った桐野利秋に、大山綱良が加えた。

「そんなこつなか」

桐野利秋が否定した。

薩摩藩でも下級の出である。西郷隆盛と出会い、その手足として働いた。とくに長州と薩摩の同盟の下準備に奔走、維新の原動力ともなった。

明治維新の後は、鹿児島へ帰郷していたが、兵部省へ出仕を命じられ、陸軍少将として西郷隆盛の手助けをしていた。桐野利秋は己ほど西郷のことをわかっている者はいないと自負していた。

「大山どん」

「……桐野どん」

二人が顔を見合わせた。

「このまま大西郷を腐らせてはなるまい」

「おうよ。維新最大の功臣を薩摩に追いやり、己たちだけが中央で栄耀栄華を極め、私腹を肥やすなど論外じゃ」

大山綱良の意見に、桐野利秋が同意した。

「もう一度、西郷どんの手で維新をやり直す」

「正しき姿に大日本を導くは、大西郷をおいてなし」

「やるか」

「うむ」

二人が決断を下した。

薩摩に不穏な空気が漂い始めた。

「県令も疑わしい」

政府は鹿児島県令の大山綱良も不平士族だと見ていた。いや、そう見える言動を大山綱良は取っていた。

「内情を知るために」

川路利良が配下の鹿児島士族警察官を帰郷させ、私学校へと編入させた。

「弾薬を持ち出させろ」

大日本帝国陸軍の主力武器である後装式スナイドル銃は、従来の前装式銃と違い専用の薬莢（やっきょう）を必要としている。その薬莢を作る設備が鹿児島にしかなく、もし薩摩が新政府に反乱を起こせば、その供給が止まる。後装式銃と前装式銃では、性能に天と地ほどの差があるとはいえ、弾がなければ新式銃も無用の長物と化す。

新政府は密かに輸送船を鹿児島へ向かわせ、スナイドル銃の弾を運びだそうとした。

「政府の動きが怪しい」

こういった行動は、すぐに薩摩士族の知るところとなった。

「弾を渡すな」

まず私学校の生徒が、鹿児島の各地に設けられていた弾薬保管庫から、スナイドル銃の弾を持ち出した。

「なんの目的があって鹿児島に戻ってきたか」

続けて私学校の生徒たちが、帰郷してきた警察官たちを尋問し、重大な事実があきらかになった。

「川路利良の命で、西郷隆盛をしさつすべく、派遣された」

過酷な拷問を受けた帰郷警察官の一人中原尚雄が自白したのだ。刺殺か視察か、そこをはっきりさせるべきであったが、それまでの経緯が事態を逼迫させた。

「西郷どんが危ない」

そのとき西郷隆盛は、大隅半島の南小根占まで猟に出かけていた。

「……とのこと。急ぎ鹿児島へお戻りを」

急使を受けた西郷隆盛は臍を噬んだ。

「ちょしもたあ」

しまったと顔色を変えた西郷隆盛は急いで鹿児島へ帰り、私学校へ入ってことの沈静化を図ろうとしたが、状況はそれを許さなかった。

「武力で新政府にもの申すべし」

「西郷どんを主使とし、桐野、篠原らが副使となって、詰問を」

手遅れであった。西郷隆盛が鹿児島を留守にしている間に事態は取り返しのつかないところまで来ていた。

「議を言うな」

私学校校長ともいうべき監督の座にあった陸軍少将篠原国幹が、もう話をする段階ではないと決議を促した。

「断の一字あるのみ、旗鼓堂々総出兵の外に採るべき途なし」

桐野利秋が宣し、大多数の賛成を得て、挙兵が決まった。

明治十年（一八七七）二月六日、私学校に薩摩本営の看板が掛かった。

「海軍を持たぬ薩摩である。陸路を進むしかなか」

汽船をもって東京を急襲する、あるいは大阪へ上陸するといった案もあったが、海上輸送力の乏しい薩摩軍では、十分な戦力を送りこめないとして、進軍は陸路だけとなった。

「まずは熊本鎮台を支配下におくべし」

二月十五日、西郷隆盛を主将とする薩摩軍が鹿児島を出た。

「こちらには陸軍大将がおられる。熊本鎮台を守る谷干城(たにたてき)は少将でしかない。西郷どんが命じられれば、最敬礼をもって開門するであろう」

「……」

捕らぬ狸の皮算用をする薩摩軍兵士たちを西郷隆盛は無言で見守った。

「こうなってはいたしかたなか」

私学校生徒たちが暴発した責任を西郷隆盛は痛感していた。

「またも死に時をまちがえた」

熊本城を包囲した薩摩軍のなかで、一人西郷隆盛は嘆息していた。

「おいがもっと早くに死んでおれば……」

西郷隆盛は後悔していた。

「左近衛権中将(さこんえごんのちゅうじょう)さま……」

熊本城を攻撃する砲声を遠いものとしながら、西郷隆盛は呟いた。

左近衛権中将とは島津斉彬のことだ。西郷隆盛、大久保利通らを見いだし、勝麟太郎とも交流した先見の明を持つ賢侯であった。幕府の頑迷を解き、西洋の文物を取りあげ、人材の育成をおこない、薩摩を大いに前進させた。

しかし、いかに政を気にせず、愛妾にうつつを抜かしていたとはいえ、父親である斉興を隠居させての襲封がお家騒動を引き起こした。結果、毒殺を疑われるような急死をし、藩内が一時騒然となった。

「光を失ったも同然」

京で島津斉彬の死を聞いた西郷隆盛は脇差を抜き放ち、殉死しようとした。

「お待ちなされ、公はそれをお望みではございますまい。公が望まれた開かれた国を造ることを継がれてこそ、臣でございましょう」

そう言って西郷隆盛を止めたのは、京清水寺成就院の住職月照であった。尊皇攘夷を唱える僧侶として名高い月照と西郷隆盛は親交があった。

月照の説得を受けて、西郷隆盛は死を思いとどまった。

その月照に危機が迫った。

島津斉彬が死んで一カ月、十四代将軍継嗣に一橋慶喜を推していた月照は、ときの大老井伊直弼から睨まれ、安政の大獄に巻きこまれた。

「薩摩へおいんせ」

西郷隆盛は、月照を薩摩へと落ち延びさせた。

だが、薩摩は激変していた。やはり一橋慶喜を推して井伊直弼と対立していた島津斉彬の死を受けて、藩論は一転、月照は志を同じくする者ではなく、厄介者であった。

「日向国送りにする」

藩庁は月照を、薩摩国から追い出したところで処分すると決断した。大老井伊直弼に遠慮したのだ。

「情けなし」

「南の果てまで来て、これではもう終わりじゃ」

西郷隆盛は月照を薩摩へ誘った責任を感じ、月照は行き場を失って悲観した。

「刀の錆にされるよりは……」

「ご一緒しまっそ」

世をはかなんだ二人は、抱き合って錦江湾へ身投げした。が、西郷隆盛は生き残った。

「二度も死にぞこなった」

西郷隆盛はそのときのことを悔やんでいた。

「左近衛権中将さまに殉じていれば……月照どのとともに逝けば……」

遺された者は、死した者の思いを受け継ぐしかない。

以降、西郷隆盛は滅私で生き抜き、ついには幕府を倒した。

「これ以上は、おいの仕事じゃなか」

そう思い静かに二人のもとへ逝く日を待っていた西郷隆盛は、世間へのかかわりを避けた。薩摩士族、いや全国の士族の不平にも、すでに身を退いたとして逃げて来た。

その結果が己を旗印にした内乱であった。

「担がれるだけ担がれよう」

ここまで来てしまえば、西郷隆盛にできることはなかった。

「薩摩の皆と殉じるのが、おいにできる最後のこと」

端から西郷隆盛に戦うつもりはない。

戦意だけが旺盛で、補給や補充のない薩摩軍は、強固な熊本城を抜けず、急進してきた新政府軍との戦いにも敗れ、多くの戦死者を出した。

それでも薩摩軍は勇猛に戦い、じつに出兵から七カ月近く兵力、装備ともに優勢な新政府軍と遣り合った。

なれど衆寡敵せず、九月一日鹿児島へ戻った薩摩軍は、その数四百人を切り、まともな抵抗はできなくなっていた。

私学校への籠城も破れ、城山の山中へ逃げこんだ西郷隆盛たちは、九月二十四日最後の攻撃に出た。すでにわずか四十人となった薩摩軍は、潜んでいた洞窟を出て進軍、たちまち新政府軍の砲撃を受け、倒れる者が続いた。

「うっ」

洞窟から五町（約五百五十メートル）ほど進んだところで、西郷隆盛も被弾した。

股と腹を射貫かれた西郷隆盛は、それでも前に進んだが、四町ほどで崩れた。

「ここらでよか」

街道から三間（約五・四メートル）ほど入った野原で西郷隆盛は最後まで付き従ってくれた者たちに告げた。

「申しわけなか」

姿勢を正した西郷隆盛は、はるか皇居の方角を仰いで平伏し、明治天皇に詫びた。

「後は任せたぞ、大久保どん」

西郷隆盛は大久保利通なら、薩摩を悪くは扱わないと信じていた。

「頼みもんそ」

右斜め後ろで介錯の用意をしている別府晋介に声をかけた西郷隆盛が脇差を腹に突き刺した。

「西郷どん」

跪いて見守る桐野利秋らが、悲壮な声をあげた。

「ごめんなったもんし」

別府晋介が涙を流しながら、西郷隆盛の首目がけて太刀を振り落とした。

「ようやくお側に……」

西郷隆盛の口がわずかに動いたが、斬られた首から出る血潮の音に紛れ、誰の耳にも届かなかった。

「お供を」

その場で別府晋介は追い腹を切り、

「薩摩隼人の意地を見せせん」

桐野利秋、村田新八ら生き残りのほとんどが、待ち構える新政府軍へと突撃し、蜂の巣に射貫かれて死亡した。

こうして薩軍六千七百五人、官軍六千四百三人の死者を出した不平士族最後で最大の挙兵は終わった。

「言わんこっちゃねえ」

西郷隆盛の死を勝麟太郎は苦い顔で聞いた。

「舞台から降りるのと降ろされるのは大きく違うと言っただろうが。ああ、これで維新最功の男西郷隆盛に勝ったと思い違いをする馬鹿どもが好き勝手をし出すだろう。頭の上の重石役は西郷にしかできやしねえというに。ご新政は失敗だ。まちがいなくこの国は、滅びの道を歩むことにならあ」

勝麟太郎は嘆息した。

西郷隆盛の死の翌年、五月十四日、石川(いしかわ)県士族島田一郎(しまだいちろう)をはじめとする不平士族によって、大久保利通は斬殺された。島田一郎らは征韓論に共鳴しており、西郷隆盛のもとへ合流しようとして果たせなかった無念からの凶行であった。

清廉潔白を地で行き、政に生涯を捧げた大久保利通の死後、明治新政府は乱れ、外交をないがしろにし、武力でことを片付ける国へと変貌していく。

享年：五十一

（一八二六—一八七七）

戒名：南州寺殿威徳隆盛大居士

二〇一八年のNHK大河ドラマの主人公は西郷隆盛であった。放映当初からかなり評判になった。原作、脚本、出演俳優陣の優秀さはもちろんのことだが、なによりも西郷隆盛本人の魅力が大きい。日本人は功をあげながら、悲惨な末期を遂げた人物を好む。源義経しかり、織田信長しかり、坂本龍馬しかり。西郷隆盛も明治維新の立役者でありながら、新政府での派閥争いに敗れ、下野した後、己を慕う者たちに引きずられて決起、最後は己が築いた新政府陸軍の銃弾に倒れた。

まさに悲劇の人物である。

その西郷隆盛には大きな謎が一つあった。写真、絵姿が現存していないのだ。西郷隆盛が写真を嫌っていたというのもあるだろうが、まったくないというのは不思議である。今でも、時々西郷隆盛の写真が発見されたと話題になるが、そのまま立ち消えになり、これこそ真影というものはまだ出ていないようだ。

現存しているかどうかは不明だが、西郷隆盛の写真はある。明治天皇が維新の功臣たちの写真を求められたことがあり、西郷隆盛にも提出が命じられた。さすがに勅意とあっては拒むことはできず、大礼服に身を固めた西郷隆盛の写真が宮内庁に納められたとの記録が残っている。

上野の西郷像も鹿児島の西郷像も本人に似ていないと言われている。これは写真が残っていなかったため、西郷隆盛の顔がわからず、弟の従道や従兄弟（いとこ）の大山巖（いわお）を参考にしたからだと理由付けがなされている。

果たしてそうなのだろうか。西郷隆盛像の建立計画が持ちあがったときはもちろん、竣工のときも本人の顔をよく知っている者は多くいたはずである。これは違うだろうとか、もう少し鼻が高かったとか、証言が出て当然なのだ。それがなく、西郷隆盛の奥方だけが、「宿んしは、こげんなお人じゃなかったこてえ」と驚いたとされている。

そこに私は物語を見た。

坂本龍馬をして、小さく叩けば小さく響き、大きく叩けば大きく響く。立ち向かう者の器量次第で西郷隆盛の値打ちは変わると言わしめた偉人、その末路の哀れさこそ、維新のゆがみだと感じるのは私だけなのだろうか。

不切腹

今川義元

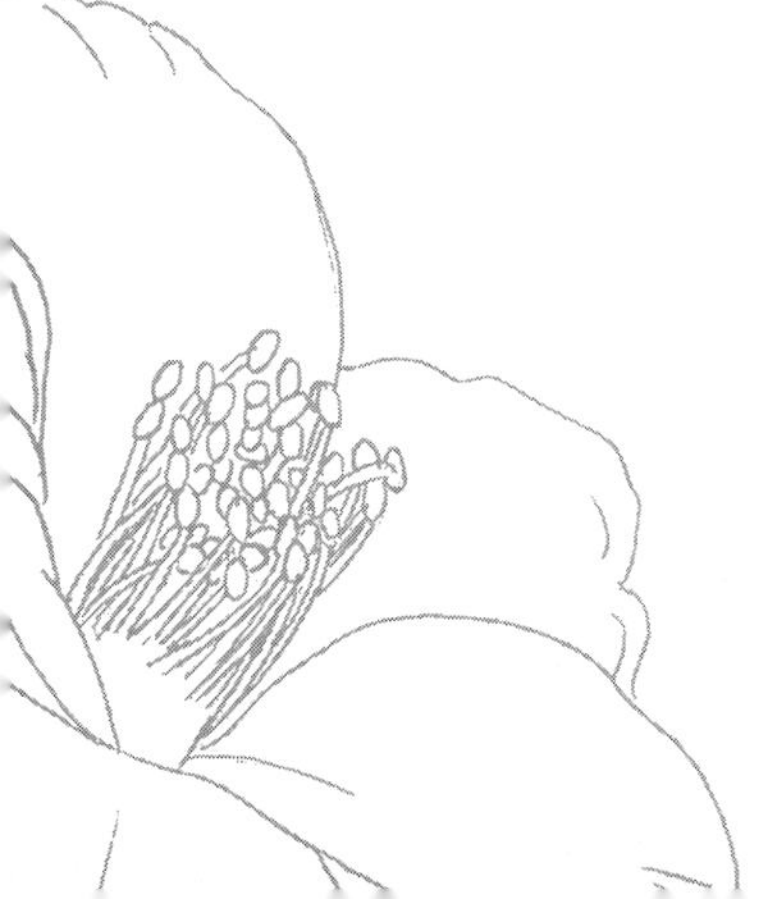

「鷲津砦陥落」

「飯尾近江守どのを朝比奈備中守どのが討ち取られたとのよし」

「丸根砦を攻略、松平蔵人佐どの、守将佐久間大学助どのの首獲られましてございまする」

次々と伝令が駆けこんで来ることで、今川治部大輔義元の行列は何度も足留めを受けた。

「なかなか進まぬのう。我が先手はどんどん上総介の領地を侵食しておるというに」

不満を口にしながらも今川義元はご機嫌であった。

「お館さま」

小姓が今川義元に声をかけてきた。

「なんじゃ、またどこぞの砦でも落としたか。いや、上総介が降伏でもして参ったか」

今川義元が小姓に笑顔を見せた。

「近隣の百姓ども、ご戦勝のお祝いに参っておりまする」

「ほう、目敏いことよな。百姓どもは、次の新しい領主である余のもとへ媚びを売りに参ったか」

小姓の報告に、今川義元が輿の上で膝を叩いた。

百姓は領主次第で簡単に地獄へ落ちた。

年貢を五公五民から六公四民にされるだけで、生活は厳しくなる。年貢だけではない。ときは乱世なのだ。戦をするための費えをひねり出すため、領主は百姓に負担を強いる。一人当たりに無条件に課す人頭税だけでなく、酷いところになると、戸口、窓にも税をかける。

領主の気分次第で、百姓の首など一瞬で飛ぶ。それだけに百姓たちは、新しい領主の機嫌を損ねないように行動していた。

「お目通りをお許しになられましょうや」

小姓が問うた。

「そうよな。このままでは動きもままならぬしの。少し早いが、中食（ちゅうじき）といたそうぞ。首実検もしてやらねばならぬ」

今川義元が行列を止めて、休憩すると言った。

「はっ」

小姓が駆け出していった。

進軍中といえども、大将が休息するには、それだけの用意をしなければならない。

輿を止めて、その辺の石や切り株に腰掛けて握り飯を、とはいかないのだ。

「陣幕を張れ。板敷きをいたせ」

本陣に同道している小荷駄（こにだ）に命令が飛ぶ。

兵糧や予備の武器、矢などを運ぶ小荷駄は、陣幕や諸道具も預かっている。

「あの丘の上がよかろう」

小荷駄差配の将が、今川義元の本陣にふさわしい場所を指定した。

「天気が怪しい。陣幕の覆いも用意しておけ」

「お館さまの敷きものを急げ」

「先導する左衛門佐（さえもんのすけ）さまに報せを出せ」

本陣が止まるには、いろいろな手間がかかった。

今回の進軍は、長く織田家と争ってきた西三河の安定と、信長の経済を支える津島の奪取が目的である。尾張の征服までを今川義元は考えていない。小田原北条、甲斐武田と同盟を結んだお陰で、大軍を西に向けられるようになったとはいえ、あまり駿河を放置するわけにはいかないのだ。この乱世、同盟など麻殻よりも脆い。海がないため塩を自力で手配できない武田が、いつ軍勢のいない駿河を狙って兵を出すかわからないのだ。

「津島さえ奪えば、織田は枯れる」

尾張半国を支配しているていどの織田家が再三西三河や美濃へ手出しをしてこられたのも、津島湊が生みだす交易の運上あってのことなのだ。それを義元が奪えば、織田信長は戦をするだけの力を失い、いずれ美濃の斎藤に喰われるか、今川へ膝を屈するかしかなくなる。

今川義元は今回の戦を夏の間に終わらせるつもりでいた。もともと織田と今川では動員兵力が大きく違っていた。

一代の傑物と言われた織田家先代信秀のころは尾張一国を支配していたが、その跡を継いだ信長の評判は悪く、寝返る者が続出、今では尾張半国をかろうじてった。

維持できているていどでしかない。織田信長が出せる兵力は、頑張って五千であった。

対して駿河、遠江、三河の三国を領する今川家は、五万近い兵を出せる。とはいえ、北条や武田との国境、駿河城の留守居などに兵を割かねばならず、実質出せる兵力は三万がいいところである。

六倍の兵差が織田信長と今川義元の間にはあった。

「兵を分ける」

今川義元は、目的を達するために急戦をおこなった。

武田、北条との盟約、惣触れに近い動員と、戦の準備に手間がかかりすぎたため、駿河を出たのが五月十七日になったからだ。秋までは一カ月半ほどしかなく、七月に入れば刈り取りのころになる。稲刈りには、男手がいる。足軽として招集した百姓たちを帰郷させせなければ、年貢にかかわってくるのだ。

今川義元は大軍を分けて、織田信長の砦を同時に攻略、できるだけ早い戦勝をともくろんでいた。

そしてそのもくろみはほとんど成功していた。

とはいえ、ここは織田上総介信長の支配地である。本軍が無事かどうかは、別働軍にとって重要このうえない。本軍は、その行動を変えるたびに、別働軍へその旨を報せ、万一に備えなければならない。

なかでも本軍直衛として先行している瀬名（せな）左衛門佐氏俊（うじとし）の軍勢との連絡は緊密に取らなければならなかった。

「どれ」

急遽しつらえられた陣幕のなかに腰を下ろした今川義元は、挨拶に来た百姓たちに目通りを許した。

「殿さまにおかれましては、ご戦勝おめでとう存じまする」

村長らしい老人が、陣幕を入ったところで土下座した。

「ささやかではございますが、お祝いを持参いたしましてございまする。お納めいただければ、なによりとお願い申し上げまする」

額を地面に押しつけて、村長が口上を述べた。

「苦しゅうないぞ」

目の前に並べていいと今川義元が許した。

「米と酒、それは銀か。うむ。受け取るぞよ」

「ありがとうございまする」

村長がさらに頭を垂れた。

「殊勝である。今年の年貢は免じるゆえ、以後忠勤を励め」

最初に挨拶をした村には恩恵を与える。この村を通じて、今川は織田よりも寛容だと広めさせ、後々の支配をしやすくする。これも当主の仕事であった。

「ははあっ」

目的を達した村長が喜んで帰っていった。

「どれ、鄙なる酒も一興じゃ」

今川義元が酒を呑むと言った。

「しばし、お待ちを」

小姓が酒を一度陣幕の外へと運び出した。

「毒味か。面倒じゃの」

今すぐに酒を呑みたかった今川義元がぼやいた。

しかし、ここは敵地なのだ。純朴そうに見える百姓が細作で、毒を盛るなどしかねない。献上されたもののは、そのほとんどが今川義元ではなく、死んでもかまわない足軽たちへの褒美になった。

「新しい酒をお持ちいたしましてございまする」

小姓が先ほどの酒ではないと暗に示しながら、瓶子(へいし)を捧げてきた。

「なんじゃ、いつもの酒か。まあ、よかろう」

今川義元が杯を差し出した。

「おおっ、浅井小四郎(こしろう)。ちょうどよい、そなたも相伴(しょうばん)せい」

本陣に顔を出した若侍を、今川義元が招いた。

「よろしいのでございますか」

「よいよい。この戦は勝ったも同然じゃ。松平の小せがれもよく働いておる。今日中に大高(おおだか)城へ入ればよいのだ。慌てることなどない」

「わかりましてございまする」

小四郎と呼ばれた若侍が、今川義元の前に腰をおろした。

「お館さま」

今川義元と小四郎が酒を酌み交わして少ししたころ、壮年の武将が陣幕のなかへ入ってきた。

「なんじゃ、一宮出羽守(いちのみやでわのかみ)か。どうした」

「陣中でございますぞ」

一宮出羽守が今川義元に苦言を呈した。一宮出羽守宗是(むねこれ)は、武田信玄の信濃侵攻のおり、援軍として出た今川勢の大将を務めたほどの戦巧者であった。

「前祝の杯じゃ、祝杯ぞ」

今川義元が杯を振った。

「小四郎、そなたもお諫めせぬか。いかにそなたがお館さまの妹婿であろうとも、小姓なのだぞ。主君の無理を聞くばかりが仕事ではない」

一宮出羽守が浅井小四郎を叱った。

「まあ、よいではないか。せっかくの酒だ」

今川義元が浅井小四郎をかばった。

「それより何用じゃ、出羽守」

話を酒からそらそうと今川義元が問うた。

「さようでございました。ただいま松平蔵人佐どのより、佐久間大学助どのをはじめとする首が届きましてござる。実検をなさいますか」

一宮出羽守が訊いた。

「戦の慣例じゃ。首実検をいたそう」

今川義元が認めた。

首実検は大将の任であった。手柄を公認し、戦後の褒賞を約束するだけでなく、味方に戦勝を報せ士気をあげるとの意味もある。

三方に載せられた首が、今川義元の前に並べられた。

「佐久間大学助どのでございまする」

首毎に介添えの将がつき、死に化粧を施された佐久間大学助の髷を摑んで、今川義元の前に披露した。

「織田でも知られた勇将にふさわしい死に顔である。ていねいに織田へ返してやれ」

今川義元が度量を見せた。

「続きまして……」

別の首が披露される。

「武家の倣いとはいえ、首討たれるは辛いものよな」

すべての首実検を終えた今川義元が嘆息した。

「自業自得でございまする。お館さまに逆らった者として当然の末路。どころか、お館さまにお目通りできただけでも死出の誉れと喜ぶべきでございまする」

感慨深げな今川義元に、浅井小四郎が憎々しげな声を出した。

「たしかに、余が降伏を勧告したとき、上総介が頭を垂れておけば、佐久間大学助も死なずにすんだ」

今川義元も同意した。

「お館さま」

一宮出羽守が苦い顔をした。

「しかし、戦うと決めたのは上総介じゃ。首になったとしてもいたしかたあるまい。強い者が勝ち、弱い者は死ぬ。これが乱世じゃ」

今川義元が瞑目した。

「少し疲れたわ」

敷きものの上へ、今川義元が寝転がった。休息に入ったときに、兜と小手、すね当ては外している。さすがに胴鎧は身につけている。鎧が当たるので横になることはできず、仰向けにしかなれない。

「中食の用意ができたら起こせ」

今川義元が目を閉じた。

「……………」

名将は人心を掌握する、軍略にすぐれる、武芸に達者などの条件の他に、いつでも喰え、眠れなければならない。

なぜなら、戦場で大将が食欲をなくしていたり、眠れず目の下に隈を作っていたりしたら、兵たちが不安になり、腰が引け、勝てる戦も負けてしまうからだ。今川義元は、家督を継ぐときから戦を経験してきた。戦場でもよく喰い、眠れるというのが自慢であった。

その今川義元がうなされていた。

「お館さま」

「いかがなされました」

異変に気付いた浅井小四郎と一宮出羽守の二人が、今川義元を揺さぶった。

「……おおっ。中食か」

目を覚ました今川義元がぼうっとした顔で問うた。

「いえ、まだでございますが、なにやらうなされておられましたので、無礼とは存じましたが、お目覚めをと」

浅井小四郎が事情を説明し、詫びた。

「そうか、うなされていたか」

今川義元が起きあがった。

「酒を寄こせ。喉が渇いた」

「はっ」

手を出した今川義元に、浅井小四郎が杯を渡し、瓶子の酒を注いだ。

「……」

いつもと違う今川義元の様子に、一宮出羽守も無言で見守った。

「……ふうう」

杯を一息で呑み干した今川義元が、大きく息を吐いた。

「そなたたちも呑め」

今川義元が二人に命じた。

「ですが……」

「話をするゆえ、呑め。素面で話せることでもない。素面で聞けることでもない」

遠慮しようとした一宮出羽守を今川義元が制した。

「では」

一宮出羽守も杯を手にした。

「……じつはの」

二人が酒を口に含むのを待って、今川義元が語り出した。

「夢見が……」

「そのほうたち、出ておれ」

主君の話を遮って一宮出羽守が手を大きく振った。

「……むっ」

今川義元が不満そうな顔を見せた。

「さっさと出て行かぬか」

それを無視して、一宮出羽守が怒鳴った。

「お館さま」

小姓や近習番たちが、今川義元を窺った。

「よい。出羽の言うとおりにせい」

今川義元が認めた。

「外に控えておりまする。なにかございましたら、お声をおかけくださいませ」

小姓や近習に選ばれるのは、譜代名門の子弟が多い。今川家譜代という誇りをもって、当主最後の守りを務めている。その小姓や近習を排除する。いかに重臣とはいえ、一宮出羽守の行動は、納得のいくものではない。皆が一宮出羽守を睨みながら出て行った。

「出羽、なにをする」

大勢の前で重臣を叱りつけるわけにはいかない。今川義元が不機嫌な顔で一宮出羽守を咎めた。

「お館さま、軍中で悪き夢見は口になされてはいけませぬ」

叱りにも怯えず、一宮出羽守が今川義元に諫言した。

「……むう」

正論に今川義元が黙った。

戦は縁起を担ぐものであった。信心している神社や寺に多額の寄付を納め、軍を起こすにふさわしい日を選んでもらうだけでなく、行軍中も雲の形、風の流れなどを気にして、吉凶を占いながら進む。

戦場に女をつれていかないのも、験担ぎの一つであった。女は身体から血を流す。戦でこれほど不吉なことはない。戦国武将たちが若衆を好むのも、女のいない戦場で昂ぶった性欲を発散するためなのだ。日頃から男を相手にしておかねば、戦場でいきなりではうまくいかないし、相手を命じられるほうも困る。

夢見もそうであった。

大将の見る夢は、戦の先を占うものとして重要視されていた。

白鹿、白鷹などの瑞兆を見たとあれば、天が我らの大将を祝福してくれている。戦は神の加護があるとなり、兵たちの士気はあがる。

対して悪夢は、戦の負けを示すとして忌み嫌われた。

今川義元は、あやうくその失敗をおかすところであった。

「ご無礼をいたしました」

主君が落ち着いたのを見て取った一宮出羽守が頭を下げた。

「よく言ってくれた」

家臣が正しいときは、その対応が不満でも押し殺して褒めなければならない。今川義元は師太原雪斎からの教えをしっかりと守っていた。

「いえ、では、お聞かせをいただきたく」

一宮出羽守が促した。

「……また恵探が出てきおった」

「恵探……玄広恵探さまでございますか」

聞いた浅井小四郎が震えた。

「そうだ。あの玄広恵探じゃ」

今川義元がうなずいた。

「恵探が血まみれの鎧下姿で、はらわたを引きずりながら吾が前に立ちはだかったのよ」

「玄広恵探さまが、お館さまの夢枕に立った。恨みでも言われましたか」

歴戦の勇将一宮出羽守が冷静に問うた。

「恨み言ならばいい。そのていど、余は相手にせぬ」

はっきりと今川義元が否定した。

「恵探はな、余に向かってこう言うのだ。このたびの戦を止めよ。止めねば今川が滅びるとな」

「なんと不吉な」

今川義元の説明に、一宮出羽守が眉をひそめた。

「そなたは吾が敵、今川の発展を妬むかと言い返してやった」

「さすがはお館さま」

浅井小四郎が感心した。

「黙りましたか、恵探さまは」

「いいや。さらに一言申しおったわ。死して仏になったうえは、敵や味方などかかわりない。ただ、家の危機を避けたいのだと」

「家の危機……」

一宮出羽守が腕を組んだ。

「で、お館さまはどうなされました」

その後の対応を一宮出羽守が尋ねた。

「夢のなかではあったがの、太刀で斬りはらってくれたわ」

今川義元が悪霊を祓（はら）ったと告げた。

「消えましたか」

「一度はな。だが、また出てきおった」

憎々しげに今川義元が言った。

「三度目だぞ。駿府を出る前夜、藤沢（ふじさわ）、そして今じゃ。まったくしつこいやつじゃ。自ら負けを認めて切腹して果てたのだぞ。未練など残すな。納得して死んだのであろうが」

今川義元が吐き捨てた。

「納得なされておられぬのでしょうな」

冷静に一宮出羽守が述べた。

「首討たれるのを嫌がり、切腹したのだぞ」

今川義元が激した。

「そもそも恵探が、今川の家督を継ぐなどと言い出さねば、死なずにすんだのだ」

「たしかにそうではございましたが、恵探さまには恵探さまのお考えがあったのではございますまいか」

怒る今川義元を一宮出羽守が見つめた。

「ふん、福島左衛門にそそのかされただけであろうが」

今川義元が口の端をゆがめた。

「花倉の乱、あれは天文五年（一五三六）のことでございましたか」

「二十四年前になるな」

思い出すような一宮出羽守に、今川義元もうなずいた。

「夏であったな」

「でございました」

主従二人が感慨深げな顔をした。

「二十四年も前でございますか。わたくしはまだ子供でよくわかっておりませぬ。お教えいただけましょうか」

二人だけで共感している今川義元と一宮出羽守に、浅井小四郎が割りこんだ。

「ことの始まりは、我が父今川氏親が死んだことだ」

今川義元が話し出した。

駿河守護の今川氏は清和源氏義家にその祖を求める。義家の孫で足利を名乗った義康の末吉良長氏の次男国氏が三河国矢作川に囲まれた今川の地を治めたことで、今川と名乗った。

もともと三河の出であった今川が、遠江、駿河と勢力を伸ばしていくには、地の有力な国人領主たちをうまく取りこまなければならなかった。結果、三国の守護になりあがったが、家中は有力な被官たちによって分断され、今川の当主は御輿でしかなかった。

その今川を氏親がまとめた。もっとも氏親もすんなり当主になれたわけではなく、北条氏の後押しを受けてのことだったが、就任後は今川仮名目録を制定するなどして、国人たちの勢力を抑え権力を握った。

その氏親は、今川当主の権力をうまく継承するため、己がにらみを利かせている間に息子氏輝へと家督を継承させた。さらに家中騒動を未然に防ぐためとして、次男の彦五郎を兄の予備として残し、三男、四男、五男を僧籍に入れ、六男を分家筋の尾張今川氏の養子に出した。

己が後見して氏輝を盛り上げ、今川本家に権力を集めようとした氏親の企みは、一年目で破綻した。氏親が死んだのだ。

そもそも氏親は北条氏の後押しで今川の当主になれた。その氏親が死んだ途端、今川の方針は転換、武田氏へと近づいた。

だが、それも変更を余儀なくされた。

三河に松平清康という傑物が生まれ、たちまち今川の影響を排除してしまったのだ。

「西へ出られぬならば、東か北か」

戦国大名は領土を広げ続けていかなければ、家臣たちへの求心力を保ち続けられない。そもそも氏親がなんとか駿河と遠江を安定させたとはいえ、内紛は今川のお家芸のようなものである。外へ興味を向けないと、たちまち国のなかで派閥争いが始まり、政情が不安定になる。

今川氏輝は、親しくなった甲斐を標的として、侵略を始めた。

それに一部の家臣たちが反発した。その代表だったのが、恵探の生母の父、福島左衛門であった。

ここに今川は内部で氏輝に従う者と反発する者に分かれた。

氏輝は京は妙心寺の名僧太原雪斎と、修行のため弟子となっていた同母弟梅岳承芳、後の義元を駿河へ呼び返し、家中を一つにしようとした。

その動きに福島左衛門も応じた。今川氏親と娘の間にできた孫玄広恵探を寺から呼び返し、還俗させて今川良真と名乗らせた。

武田を攻めて領土を広げようとする当主今川氏輝と、逆らった三河の松平を誅し、西の尾張まで手を伸ばすべしという福島左衛門らとに家中が割れた最中の天文五年三月十七日、氏輝と万一の控えであった次弟彦五郎がそろって急死した。

駿河今川館にいた今川氏親の正室で、今川氏輝、彦五郎、義元の生母である寿桂尼が、すぐに動いた。

「今川の家督は義元に継がせる」

母親としては腹を痛めた子がかわいい。今川家譜代の家臣たちを把握した寿桂尼が宣した。

京の公家中御門権大納言宣胤の娘で今川氏親に嫁いだ寿桂尼は、女ながらに政を得手としており、晩年病床に臥しがちだった夫氏親に代わって、今川の内政を担当していた。そのときに創りあげた寿桂尼の人脈と、正室の子という正統さが義元を支持する者を集めた。

「梅岳承芳は五男、三男の良真さまこそ、家督をお継ぎになるお方」

対して福島左衛門らは、長幼の序を表にして玄広恵探を擁立し、寿桂尼らと対立した。

「あのときは、苦しかったの」

苦い思い出に義元が頬をゆがめた。

「まだ十八歳であったし、還俗したとはいえ、ずっと僧侶として経典ばかり読んでいたのだ。戦のことなぞ、何一つわからない。どころか刀さえ握った経験もない。それがいきなり、おまえが今川の総大将だ、逆賊となった玄広恵探を討てと言われたのだ。頼りにすべき兄弟はなく、母は血走った目で余を駆り立てる。たまらなかったわ」

義元がため息を吐いた。

「ご兄弟は他にもおられましたでしょうに」

腹違いとはいえ、義元の妹を娶っているのだ。浅井小四郎も今川に近く、一門のことなどには通じていた。

「象耳（しょうじ）泉奘（せんじょう）兄と尾張今川へ養子に出た弟氏豊（うじとよ）のことか」

浅井小四郎の言葉に義元が応じた。

義元には玄広恵探以外にも異母兄弟が二人いた。兄で僧籍に入った象耳泉奘と尾張今川当主となった氏豊である。

「象耳泉奘のことなど忘れていたわ。象耳泉奘は生母の身分が低いため、誰も担ぎ出してくれず、そのまま僧籍にあった。まあ、そのお陰で無事に生き残り、今では京の泉涌寺(せんにゅうじ)の長老じゃ」

泉涌寺は、天皇家とも近い名刹(めいさつ)で、真言宗泉涌寺派総本山である。そこの長老となれば、天下の名僧と言えた。

「もちろん、余が手助けをしたというのもあるがの」

義元が笑った。

長く続いた戦乱は、武力を持たない天皇家、朝廷の権威を失墜させた。

「戦を止めよ」

「和議をなせ」

勅諚(ちょくじょう)を出したところで、戦国大名たちは聞きもしないのだ。

力なきところに人は集まらず、人が寄らぬところに金は落ちない。京にある名刹も朝廷の衰退に巻きこまれた。

もともと天皇家や藤原氏が力を持っていたころ、金にあかせて建てた寺院が多い。建立の費用はもちろん、その後の維持費も寄進という名のおんぶにだっこでやってきた。

天皇家や公家の寄進は、荘園が多い。そこからあがる年貢を寺の維持に使ってきた。

それが戦国で崩れた。荘園は力を持った国人領主たちに押領されてしまい、寺社の収入は途絶えた。

なかにはその辺りの国人領主たちと同様以上の僧兵を抱え、逆に周囲を侵食していった寺社もあるが、多くは武士によって没落させられていった。

泉涌寺も同じであった。

「象耳泉奘が、余に刃向かおうとしなかったゆえな、少し力を貸してやった」

駿河、遠江、三河を押さえる今川は、裕福である。義元の母寿桂尼が公家出身ということからもわかるように、今川は京への大きな影響力を持っている。義元は、泉涌寺への援助を惜しまず、お陰で象耳泉奘は順調に出世していった。

「尾張今川の氏豊さまは、そのころなにもなさらなかったのでございまするか」

もう一人の兄弟について浅井小四郎が訊いた。

「そのころ、尾張今川は織田信秀によって滅ぼされ、氏豊はみっともなくも織田信秀に命乞いをして、京へ追い出されていたのよ」

義元が情けないと首を左右に振った。

尾張今川氏は、その居城の地那古野（なごや）を名乗りとしていた。養子に入った氏豊も那古野氏豊となり、尾張守護斯波（しば）氏の娘を妻に迎え、東尾張に勢力を張っていた。その氏豊が、享禄（きょうろく）五年（一五三二）、織田信秀に居城を落とされた。

「駿河に帰ってきたりもしていたがな。城を落とされるような者を、誰もいただこうとはせぬでな。まったく今川の家督にはかかわってもこなかった。結果、余と玄広恵探の二人で争うことになった」

「なるほどに」

浅井小四郎も納得した。

「最初は玄広恵探を担いだ福島左衛門らが優勢であった。駿河の者はまだしも、福島をはじめとする遠江の者どもは、三河を放置して武田へと考えた兄氏輝に不満を持っていたからじゃ」

遠江は駿河と三河に挟まれている。まだ若い松平清康（きよやす）という傑物は、たちまちに三河を今川の手から奪った。家督を継いで六年、十九歳という若さでこれだけの武勇を見せつけた松平清康の狙いは国境を接している遠江になる。

「今のうちに今川の総力を挙げて、松平を討つべし」

遠江衆がそう考えたのは当然であった。

「甲州へ向かう」

その嘆願を無視して、今川氏輝が西から北へと矛先を変えた。

「なんのための国主か」

遠江衆の不満が高まった。

そもそも戦国大名とは、国人領主たちを支配下に置き、その持てる兵を吸収して力を蓄え、周囲の大名へ戦を仕掛ける。

戦国大名の庇護下に入った国人領主は、この戦に対して軍役を負う。兵を派遣するか、金や米などを供出するか、戦国大名から命じられれば、相応の負担を強いられる。

戦国大名が大きくなるための戦いで兵を死なせ、財を費やす。これが傘下に入った国人領主の任であった。

対して国人領主を支配下に組み入れた戦国大名は、その庇護を義務とした。侵略に対しては援軍を出さなければならない。また、国人領主が領地を広げるための出兵に援助を求められたときは、兵や物資などを手配するのも仕事であった。今回、隣国からの圧迫を受けた遠江の領主たちが求めた三河の奪還を今川氏輝が認めなかった。これは遠江の領主たちを松平清康の手から守らないと言ったに等しい。

それでも当主氏輝が生きている間は、不満を口にしても行動には出なかった。兵を挙げたところで、勝ち目はないからだ。

かといって今川を見限り、松平へ走るわけにもいかなかった。松平清康は勇将には違いないが、その背後には三河への進出を虎視眈々と狙う織田信秀がいるため、とても今川を裏切った遠江へ援兵を出すだけの余裕はない。

遠江衆の不満が高まるなか、氏輝と次弟彦五郎が急死した。

それだけならば遠江衆もおとなしくしていただろう。しかし、今回は事情が違った。今川氏親の子供で長男、次男が死んだとなれば、順番からいくと三男が跡を継ぐ。

その三男が遠江衆のまとめ役といってもいい福島左衛門の孫なのだ。

玄広恵探、還俗して今川良真となった三男を、今川の当主にすれば、たちまち方針は転換される。武田ともめ事を起こしたが、北条との仲は相変わらず良好である。北条に武田の牽制を頼めれば、今川は全軍を三河へ出せる。

三河の松平清康の動員力は、最大で一万ていど。今川の三万にははるかに及ばない。念のため武田への備えを残しても、二万は出せる。

今川が二万の兵を出せば、三河は揺れる。松平清康が統一したとはいえ、相剋で一族を滅ぼしたり、国人領主を配下に組み入れたりしての結果であり、盤石ではない。

大軍が攻めてくるとなれば、たちまち松平清康を見限り、今川へ寝返る者が出てくる。長いものには巻かれろこそ、乱世を生き抜く処世術なのだ。

福島左衛門を頭とする遠江衆の一部が今川良真を担いで、蜂起したのも当然であった。

「当初はなかなかの勢いであった。なにせ、遠江でも東の花倉に福島左衛門の居城花倉がある。兵糧でも矢玉でも補給に苦労はないからの」

駿河今川館を福島左衛門らが攻め、義元に与する者は必死の抵抗を続けた。

「家督を巡っての争いに、生き残りは許されない」

二人が当主の座を巡って争った場合、そのどちらかに与した者は勝って栄華を極めるか、負けて族滅に遭うかになる。

家督相続の場合、敵対した者を生かしておけば、またぞろ、血筋を看板とした謀叛人を生み出すことになる。どれだけ非情と罵られようとも、女、子供まで殺しておかなければ、ふたたび戦火を招く。

「必死だった。京で経典をひっくり返したり、公家たちと風雅な話をしていればすんだ余には、命の遣り取りなどとんでもない。槍はおろか刀さえ握ったことなどなかったのだ。それがいきなり館を包囲され、矢が雨のように降り、血相を変えた敵が大声で叫ぶ状況に放り込まれたのだぞ。それだけなら夜具にくるまって館の奥で震えていればすむ。そうしようとしていた余を母が、寿桂尼が、追い立てた。戦っている味方の兵を鼓舞してこいとな」

「それは……」

「あり得ることでございますな」

ため息を吐いた義元に、浅井小四郎が戸惑い、一宮出羽守がうなずいた。

寿桂尼は、夫今川氏親が亡くなる前からその代理として今川を取り仕切り、政に手腕を振るった。

「女だてらに……」

なかには今川氏親の妻であるという立場を表に出す寿桂尼に反発する者もいた。

「妾(わらわ)の言葉は、お館さまの言葉じゃ」

寿桂尼は批判を気にもせず、今川家を仕切った。

「いにしえの巴御前(ともえごぜん)の再来じゃ」

歴戦の武将を相手に一歩も引かぬ態度が、かえって人心を集めた。

「父氏親、兄氏輝がともに病弱であったこともあり、母が表に出ざるを得なかったというのもあるだろうが、京の公家の姫とは思えぬお方よ」

今でも元気に今川館を差配している母の姿を思い浮かべた義元が苦笑した。

「目の前で死んでいく兵たちを初めて見て、いつ吾が身にそれが降りかかるかと恐れで腰を抜かしそうになったが、そのお陰で肚が据わったわ。なにせ、すぐ後ろで尼姿の母が、余の背中を支えているのだ。女でさえ耐えられると気づいた瞬間、震えが止まり、心からの声が出た。者ども余が見ておる、力の限り奮えと叫べた」

義元が胸を張った。

「そのお陰とは思わぬが、戦いは有利へと傾き、館を囲んでいた玄広恵探方の兵が退いていった。そうなれば、こちらの勝ちよ。母が師太原雪斎と相談し、武田信虎(のぶとら)どのの娘を妻に迎えるという条件で、武田と和睦できた。となれば、甲斐との国境に張りつけておかなければならなかった軍勢を使える。今度はこちらから遠江へ攻めこんだ」

もともと兵数としては玄広恵探を担いだ福島左衛門らのほうが少ない。遠江の国人領主すべてが玄広恵探の味方になったわけではないのだ。

「言うまでもないが、国人領主というのは弱い者だ。少ない者は数百石ていどの村を領しているだけ、多い者でも数千石。せいぜい五十から数百ていどの兵士しかもてぬからこそ、誰かの庇護を受けている。そこに思いや信条なぞはない。ただ、強い者にすがり、生き残ることだけを目的にしている。最初から勢いのあるほうに付くならまだしも、こちらが勝つとあきらかにわかるまで、知らぬ顔をしているのが普通だ。いや、勝ち目の移動とともに寝返るのが常。今川館を落とせず、本拠地へ退いた玄広恵探と福島左衛門からは味方が逃げ出し、そやつらがこちらに膝を突く。たちまち兵力の差は、天秤の片方に重石を置いたように、余に傾いた」

戦国乱世は非情である。さっきまで共に戦っていた者が、背後から斬りつけてくるなど日常茶飯事であった。

「一度傾いた天秤をもとに戻すのは難しい。ましてや天秤を己のほうへと傾けるのは不可能に近い。玄広恵探は方ノ上（かたのかみ）城へ入り、態勢を整え、もう一度遠江の衆へ檄を飛ばそうとした」

　方ノ上城は駿河から遠江へ至る境にある高草（たかくさ）山の中腹にあり、古城があったのを今川氏親が改修、遠江支配の拠点としていた。

「堀切や土塁を多用した難攻不落の要害だったが、城自体はさほど大きなものではなく、勢いづいた吾が軍勢を止められなかった。岡部左京進（おかべさきょうのしん）が大きな犠牲を出しながらも攻略、玄広恵探はあわてて花倉城へと逃げこんだ」

　杯を義元は呷（あお）った。

「花倉は福島に縁の深いところだったが、ここまでくれば戦は終わりだ。最初から福島と同心していた国人領主どもも兵を退いた。なかにはこちらへ戦力を差し出す者も出た。戦の倣いで、わずかな兵しか保てぬ国人領主の処世とはいえ、無情なことよ。とはいえ、その者たちを盾代わりに矢面へ立たせれば、我らの被害は減る。またいつ寝返るかわからぬ、玄広恵探が優位になればそちらに走るような連中を背後には置けぬ。たとえ戦に勝てても、最初の謀叛があるゆえ、褒美はもらえぬ。ただ領地を安堵されるために、命を懸けるのは哀れだがの、これも己に見る目がなかった見返りじゃ。玄広恵探などに与せず、最初から余にしたがっておれば、戦勝の褒美はもらえた」

冷たく義元は切り捨てた。

「彼我（ひが）の差を見抜けなかった」

浅井小四郎が心に刻むように、繰り返した。

「それをできぬ者は滅びる」

注げと義元が杯を浅井小四郎に突き出した。

「はっ」

浅井小四郎が瓶子を手にした。

「玄広恵探も余に逆らわず、大人しく寺におればよかった。さすれば、手厚く庇護してくれたものを」

杯に酒が満たされていくのを義元は眺めた。

「織田も同じよ。駿河、遠江、三河の太守ぞ、余は。たかが尾張一国、いや、ようやく半国を手にしたていどの小童（こわっぱ）が立ち向かえるはずなどない。大人しく城と領土を差し出せば、松平ていどの扱いはしてやるものを。その差をわからず刃向かうから、無駄な戦をせねばならぬ」

義元は織田信長を罵った。

「まったくでございまする」

「仰せの通り」

浅井小四郎も一宮出羽守も同意した。

「まあ、もうすぐ織田上総介も玄広恵探と同じ末路をたどることになる」

義元が話をもとに戻した。

「玄広恵探さまはどうなりましたので」

敵対したとはいえ、義元の兄になる。浅井小四郎が気遣って敬称を付けた。

「花倉城に籠もったが、追って来た軍勢の数と勢いに勝てぬと悟ったのだろうな。城を捨ててより尾根伝いに瀬戸谷（せとや）の普門寺（ふもんじ）まで逃げた」

花倉城は、藤枝（ふじえだ）の北にある城山に設けられた山城である。百丈（約三百メートル）の山を堀切で本丸、二の丸に分け、周囲を土塁で囲んだ方ノ上城と比肩する堅城だったが、その造りの都合上多くの兵を養えず、大軍に攻められては保たない。

「一時は余の居る駿河館を窺ったほどだったのが、本拠にまで追いたてられた。ここでようやく終わったと気付いたのだろうな。玄広恵探は逃げ落ちた普門寺で切腹して果てたわ」

少しだけ寂しそうに義元は杯へ目を落とした。

「同じ血を引く者として結束するべきが、血で血を洗う相剋をなす。これが乱世というものなのだろうの。武田もそうじゃ。晴信は実の父信虎どの、今の無人斎道有どのを駿河に追放しておる」

義元は嘆息した。

世に言う花倉の乱、玄広恵探との家督争いで、援助を受ける条件として、義元は無人斎道有の娘を正室としていた。

その無人斎道有を家臣たちと謀った武田晴信が追放、甲斐を手にしていた。

「……雨か」

ふと陣幕を叩く小さな音に、話しこんでいた義元が耳をそばだてた。

「いつの間に雲が……」

空が暗くなり始めた。話に夢中になっていた義元は驚いた。

「誰か、雨避けを拡げよ」

一宮出羽守が大声で、他人払いのため離れている小姓たちへ指示した。

「はっ」

わらわらと出てきた小姓たちが、折りたたみの木組みを拡げ、その上に雨避けの馬革を架けた。

「こちらへ」

「うむ」

義元が杯だけを手に、二間（約三・六メートル）ほど移動した。

「通り雨でございましょう」

同じ木組みの下に入った一宮出羽守が空模様から判断した。

「雨があがれば、涼しくもなろう。さすれば出立すると……」

義元が不意に目を吊りあげた。

「お館さま」

浅井小四郎が怪訝な顔をした。

「おのれ、玄広恵探、まだ余に祟るか。小四郎、太刀を寄こせ」

手にしていた杯を義元が雨で暗くなった本陣の隅へと投げつけた。

「ええい、今川は盤石じゃ。そなたの言うことなど……」

義元が床机を蹴って立ちあがった。

「なにを……」

「……お館さま」

一宮出羽守と浅井小四郎が顔色を変えた。

「落ち着かれませ、怪異はございませぬ」

浅井小四郎が義元の袖を摑んだ。

「……おらぬ」

義元が呆然と辺りを見回した。

「いかがなさいました」

一宮出羽守が問うた。

「玄広恵探じゃ。あやつがあそこに立ち、またぞろ今川が滅ぶゆえ、引き返せと言いおった」

義元が陣幕の隅を指さした。

「故人の話をすれば、霊が寄ると申しまする。お話はこれで終わりといたしましょう。さすれば怪異は顕れませぬ」

一宮出羽守が義元を宥めた。

「ああ。そうよな。玄広恵探の霊がさまようはずはない。あやつは自ら腹を切ったのだ。余が殺したのではない。武将として誇らしく死んだ」

義元が腰を下ろした。

「出羽」

「はっ」

呼びかけられた一宮出羽守が片膝を突いた。

「雨があがり次第、大高城へ向かう」

「承りましてございまする」

指図を受けた一宮出羽守が首肯して、本陣から出て行った。

「うるさい雨じゃ」

先ほどまで涼しくなっていいと言っていた義元が、雨雲を睨みつけた。

「……なんだ」

低い音が陣幕の向こうから聞こえてきた。

「雷でございましょうや」

浅井小四郎も耳をすました。

「人の声のようでございまする。出立の準備を始めたのでしょう」

「ならばよいが、それにしては騒がしい」

「足軽どもが喧嘩でもいたしておるのやもしれませぬ。治めて参りましょう」

浅井小四郎が立っていった。気が立っている戦場での喧嘩沙汰はままあった。

「まずくなったわ」

酒を呑む気も失せた義元が、瞑目(めいもく)した。

「……お館さま」

血相を変えた浅井小四郎が戻ってきた。

「どうした、騒々しい」

目を開けた義元が浅井小四郎を落ち着けと叱った。

「織田上総介の軍が……」

浅井小四郎が震えていた。

「どうしたというのだ」

「ほ、本陣近くまで織田木瓜(もっこう)の旗印が迫っておりまする」

問うた義元に、浅井小四郎が叫ぶようにして報告した。

「馬鹿な……」

義元が愕然とした。

「織田の砦は全部潰した。上総介は残り数千の兵とともに居城で籠もっているはずであろう」

信じられないと義元が首を左右に振った。

「今川治部大輔どの、織田上総介信長、その首、いただきに見参じゃあ」

織田信長の大音声が、今川の陣幕を震わせた。

「ええい、瀬名はなにをしていた」

本陣の前を進む瀬名氏俊は、露払いと同時に警固も任である。本陣に敵兵を近づけるなど論外であった。

「太刀を持て」

しかし今更、瀬名氏俊の責を咎めたところでどうしようもない。義元は近くにいた小姓に命じた。

「はっ」

小姓が黄金造りの太刀を、義元の前に差し出した。

「ぐえええ」

苦鳴が間近で聞こえ、本陣の陣幕が切り落とされた。

「させるか。者ども、お館さまをお守りするぞ」

浅井小四郎が小姓たちを指揮して立ち向かった。

「小者の首など要らぬ。治部大輔以外は手柄にあらず」

織田信長の声がまた聞こえた。

「どけっ、邪魔だ」

槍を手にした織田方の将が、太刀を構えた小姓たちを威嚇した。

「慮外者……ぎゃ」

主君を残して逃げても、国に帰ることはできない。小姓の一人が決死の覚悟で斬りかかったが長さが違いすぎ、あっさりと槍で突き殺された。

「こやつ……」

浅井小四郎がその隙にと突っかかったが、素早く戻された槍の穂先で側頭を殴られて昏倒した。

「そこにおわすは、今川治部大輔さまでございますな。織田上総介家臣、服部小平太見参仕った」

小姓たちが戦っている横を素早くすり抜けた服部小平太が、義元に向けて槍を突き出した。

「……くっ」

服部小平太の槍が義元の脇腹を突いた。

「無礼なり、下郎」

義元も海道一の弓取りといわれた戦国武将である。傷をものともせず、抜き放った太刀で反撃した。

「おわっ」

義元の一撃を右膝に喰らった服部小平太が転んだ。

「毛利新介（しんすけ）、助太刀いたす」

そこへ別の織田方の将がつけこんだ。

思いきり振ったために太刀先が流れてしまった義元は、毛利新介の一撃を避けることができなかった。

「うぐうう」

胸を槍で貫かれた義元は、音を立てて倒れた。

「御首（おんくび）、頂戴つかまつる」

義元のうえに、毛利新介が馬乗りになり、義元の首に太刀を突きつけた。

「ま、待て。腹を切らせろ。余は今川治部大輔ぞ。きさまごとき雑兵に首をくれてやるわけにはいかぬ。武将として名を残すために腹を切る。上総介、聞こえていたなら、余に切腹をさせよ。頼む」

一廉（ひとかど）の武将は負けを悟れば、自ら命を絶つことで名を守る。その辺の将兵に首を獲られたとなれば、末代までの恥になる。

義元が必死で嘆願した。

「御免」

そんな願いを無視して、毛利新介が太刀に体重を乗せて首を切ろうとした。

「おのれええ、呪ってやるぞ、上総介。きさまもけっして安楽な死を迎えられぬわ」

義元が呪詛(じゅそ)を吐きながら、顔を押さえている毛利新介の指をかみ切った。

「くううう」

指の痛みに耐えながら、毛利新介が義元の首を切断した。

「……獲った。今川治部大輔さまの首、織田上総介の臣、毛利新介が獲ったあああああ」

毛利新介が義元の首を捧げて、勝ち名乗りをあげた。

「勝ち鬨(どき)をあげよ」

総大将を討ち取れば、戦は勝ちになる。

誰が見ても勝てない戦に勝った織田信長はこの後、勢いを増して天下取りへと邁進していく。

だが、その覇道の途中、信長は家臣明智光秀の裏切りに遭い、京本能寺で非業の死を遂げる。桶狭間の合戦から二十二年、天正十年（一五八二）六月二日払暁のことである。当日、本能寺にいた二百人以上の家臣の全員が討ち死にを遂げた。そのなかに信長の代理として政の一部を担当する尺限馬廻衆に出世していた毛利新介もいた。

本能寺の前夜、信長の夢枕に義元は立ったのだろうか。

享年：四十二

（一五一九―一五六〇）

戒名：天澤寺殿四品前礼部侍郎秀峯哲公大居士

今川義元は織田信長を歴史の表舞台に押しあげた桶狭間の合戦で敗れた武将として知られている。

大軍を率いて西上した今川義元の目的については、天下に武を唱え、衰退激しい足利幕府を再興させるためという従来の説ではなく、伊勢湾における海運を握っている津島商人を支配し、織田家の軍事を支える経済を奪うためであったという説が昨今有力になっているらしい。

のちの天下人徳川家康を属将として使役し、海道一の弓取りと呼ばれた今川義元だが、その家督相続においてはお家騒動を起こしていた。長兄で今川の当主となっていた氏輝、次兄の彦五郎が同日に死亡するという（ここにも物語はある）奇貨が起こり、三兄恵探と家督を争った。北条氏の後援を得た義元が、不利だった戦況を逆転、追い詰められた恵探が切腹することで、今川の家を継いだ。

もともと恵探が今川の主になっては困る国人領主たちに担がれて、京の僧侶から還俗させられた義元は、権力基盤が弱く、恩ある国人領主たちの要望に応じざるを得なかった。

織田家への侵攻も北条、武田との同盟で西へ伸びるしか手柄を望めなくなった国人領主たちの要望で、義元の希望ではなかったという説もある。

桶狭間に進む義元を恵探の霊が止めたというのは、寛永年間（三代将軍家光の時代）に成立したとされる『当代記』に書かれている。『信長公記』などを参考にして姫路藩主松平忠明（ただあきら）が編纂したものだけに事実かどうかは疑わしいが、当時そういった噂があったのは確かなのであろう。

乗り気にならない戦いへ向かわざるを得なかった義元の不満が、恵探の亡霊に苦しめられていたと見えたのかも知れない。

望まぬ戦で負け、切腹さえできず、首を討たれた義元の慨嘆を、少しでも感じていただければ望外の喜びである。

単行本あとがき

切腹は責任の取りかたとして、究極のものだろう。なにせ、代わるものがない命を差し出すのだ。

それがわかっているから、切腹した者の遺族には、武士の情けが与えられた。

ただし、その切腹が自主的なものだという条件が付いた。押しつけられてとか、罪としての切腹は連座が適用される。

ちなみに八代将軍吉宗が連座制を廃止したと言われているが、あれはあくまでも庶民に対してだけであり、武家の連座は幕末まで続いた。

もちろん、現在は切腹して責任を取るということはない。

たしかな記憶ではないが、富士山の噴火を予言した占い師の方が、当たらなかったからと切腹したというのがあったと思う。幸い、命には別状なかったようだが、こちらとしてはどう反応すればよいかわからない。

「自分の言動に責任をもっている」

と称賛するのは論外である。己の命とはいえ、軽く扱うことを認めてはならない。

「当たるも八卦当たらぬも八卦なんだから、責任などない」

というのもどうなんだろう。広く世間に公表し、騒がせた責任は取らなければならない。

「そこまでしなくても、すいませんでしたと謝るだけでいいものを」

これが正解に近いのだろう。

さて、昨今、不祥事があると「最後まで後始末をするのが責任の取りかただ」とおっしゃる政治家、企業家の方が散見される。

果たしてどうなのだろう。

その間の給与を返上しているというならまだしも、形だけの減給を三カ月ほどして、その後は従来通りの給与を受け取っているならば、責任を取ったとは言えまい。

なにせ、後始末はいつまでかかるかわからないのだ。ひょっとすると十年、二十年、いやできないかもしれない。そうなれば、なにもなかったも同じである。

「作家ごときが、国家を、企業を語るな」

そう言われればその通りだ。作家は作品に責任を持つが、それ以上なにもない。基本一人の作業なので、生活を保障しなければならない従業員もいない。一人の作家が姿を消したところで、株価は一円も変動しない。

作家の責任の取りかたは、筆を折るだけ。一人の範疇で責任が終わるだけに、国家を担う政治家諸氏や、何千人という従業員を守らなければならない企業人とは、最初から責任の重さが違う。

しかし、責任を取ったか取らなかったかが、はっきりしなければ、物事は新たにはじめられないのではないか。

現在ではほとんど見られなくなったが、少し前まで秘書あるいは部下がやったことで自分は知らなかった、信用しきっていた秘書にあるいは部下に裏切られただけだという会見がやたらとあった。もちろん、そのときには秘書あるいは部下は行方が知れなくなっていたり、自白していたり、場合によっては自殺していることもあり、それ以上調べようがない状況ができている。

これは責任を取ったではなく、取らされたのだ。

最近、この風潮は消え、代わりに秘書や部下が己の身の安全を図るため、録音や録画をするようになった。不倫相手に売られた芸能人や有名人も多い。「押しつけられる」から、「責任を弾き返す」ように変わってきているのかも知れない。

これも世の中の変化だろう。かつては終身雇用、年功序列で一生の保障を与えられていたのが、長い不況で企業が従業員を守れなくなったことで、帰属意識、忠誠心を失ったからだと思えば、当然の結末であろう。

そんな時代に切腹の話を書いた。ひねくれ者の私が、真っ向から責任の取りかたとしてこれ以上はない切腹を扱ってみた。

是非、ご感想をいただきたい。

長き冬から脱した早春の日に

上田　秀人　拝

文庫版あとがき

ときの経つのは早いもので、『本懐』を文庫とすることになりました。

単行本を上梓させていただいてから足かけ三年ですが、いろいろとありすぎました。

言うまでもなく、現在も続いている新型コロナウイルス感染症の拡大が最大の変化をもたらしました。夏でもマスクを着け、不要不急の外出を避けて、他人との接触を七割以上減らす。

今まで推奨されてきた、外へ出て、人と接触し、コミュニケーションを取ることで孤立を防ぐという政府の方針は、まさに百八十度の転換を余儀なくされました。

良くも悪くも大多数に従うという日本人の性質は、ここに来て滅びつつあります。できるだけ他人とかかわらない。それは他人を慮(おもんぱか)るという日本人の優れた習慣、習性を失わせます。通販とネットさえあれば、確かに生きていけます。

そもそも人というのは、集まって情報交換をすることで文化文明を発展させ、進歩してきました。どれほど素晴らしい発明でも、他人にそれが伝えられなければ、なんの意味も持ちません。古いことを言うな、今はテレワークの時代だと叱られるかも知れませんが、やはり実際に会うのと画面越しでは、伝わるものの質と量が違うと思うのです。

このあとがきを書く前に昨年の出生数の発表があり、大きく減少したとの報告が為されました。ウイルスによる行動制限が始まったのが昨年春であったことを思えば、ここにその影響はあまりないと思われます。おそらく、今年の出生数はさらに減少するでしょう。子供の数は未来の大きさです。どれだけの知識と技を学び、身につけてきた皆様方でも、それを受け継いでくれる相手がなければ、伝えることはできません。

ネットでは微妙な手触りの違いなどの感覚としか言えない部分は伝わりません。

「見て盗め」

昔よく言われた言葉です。わたくしも歯科医師の修業時代は、先輩たちの治療を間近で見せてもらい、さらに力の入れ具合などを手取り足取りして教えていただきました。他にも患者さまとの何気ない会話が、治療の助けとなったことも多くありました。話をし、すぐ側で相手を感じることで、信頼感が生まれたおかげで、完治の道筋に乗れたという経験もしました。

これらすべては、人と直接繋がったからこそできたことです。

もちろん、今はそんなことを言っている場合ではありません。ワクチンの接種は始まりましたが、まだすべての人に行き渡ってはおりませんし、果たしてそれで抑えこめるかも確定されていません。なにより、このウイルスに効果のある治療薬ができておりません。かかれば命にかかわるという病が拡がっているときに、コミュニケーションの話など無意味です。

今まで人類はコレラやペストなどを経験してきました。今でも完全に駆逐できたとは言いませんが、世界はこれらとの戦いに勝利したと言えるでしょう。そして、いつになるかはわかりませんが、今のウイルスも人類はかならず解明し、制圧できます。

その日が来るまでは辛抱しましょう。ただ、その日が来たとき、どうやればもう一度人との交流を復活できるのか、戸惑うことのないように繋がることだけは続けてください。

電話やメール、自筆の手紙などで想いを伝える。

気楽に会えないときだからこそ、より一層太く、仲を紡いでください。

人と人との繋がりがあって初めて社会は成り立ちます。それを守り続けることが、この災いの終わった世界を救うとわたくしは信じております。

さて、『本懐』の物語はすべて死に臨んだ者たちの想いを表現しております。

息子を死なせることになった親の恨み、信じていた家臣に裏切られた主君の無念、門外漢によって作品を貶(けな)された絵師の矜持、格式に縛り付けられてきた小大名の挫折、維新の功臣が秘めていた贖罪、そして有頂天から突き落とされた武将の躓きと、六人それぞれの物語をわたくしなりに描かせていただきました。

是非、お読みいただいて、お知り合いと感想などをテレビ電話やメールで語り合っていただければと思います。

「上田は最近図に乗ってる」「勝手な妄想だ」「つまらなかった」どのような感想でも、どなたかと共有してください。

できれば「おもしろかった」と言っていただきたいですが。

末尾になりましたが、皆様方のご健康と厄除けを心より祈っております。

ありがとうございました。

令和三年如月　春を待ちつつ

上田秀人　拝

解説

佐高（さたか）信（まこと）
（評論家）

ビールなどについて、のどごしがいいという形容が使われるが、ベストセラー作家の上田のモルトのようなこの短編集は、すいすいと読ませる、まことにのどごしのいい作品集である。

飲み口ならぬ読み口はそうだが、しかし、扱っているテーマは決して軽いものではない。切腹というのっぴきならない主題を正面に据えて、後味のいい読後感を与えるのは、作者の手腕というか、力量が並々ならぬものだからだろう。

まず、最初に登場するのは大石内蔵助である。忠臣、内蔵助の「忠臣蔵」はいまも衰えない人気を保っているほど、私たち日本人の精神に入り込んでいるが、上田はその内面は本当にそうだったのかと疑問を呈す。

「ご恩とご奉公、のご恩がなくなった。となれば、ご奉公も消えましょう」

切腹を前に、内蔵助は預けられた細川家の世話役、堀内伝右衛門にこう告げる。

驚いた堀内が、

「今まで禄をいただいてきたご恩もございましょう」

と咎めると、内蔵助は、

「ご恩は家から受けたもの。殿お一人からのものではございませぬ」

と返す。

作者の大胆な想像による内蔵助の答である。

あるいは史実は違うのかもしれないが、私は上田のこうした設定に拍手を送りたい。

称讃された「義挙」を内蔵助が否定したとしたのである。

「愚挙でござる。堀内どの、我らが今回の討ち入りをしたことで、誰が得をいたしました」

後悔している内蔵助に堀内が、

「損得の問題ではございませせぬぞ」

と、たしなめるように言うと、内蔵助は、

「いいえ。損得で考えなければなりませぬ。人情だ忠義だなどを持ち出せば、どのような行為でも許されるという風潮は危険でござる。御上の御法度を忠義や人情がこえては、天下はなりゆきませぬ」

と反論する。

時代小説を借りて、作者は現代の問題を語っているのである。

政治学者の丸山眞男(まるやままさお)は「忠誠と反逆」という卓抜な論文の中でこう言っている。

「もし、『君君たらずとも臣臣たらざるべからず』をスタティックに受けとるならば、どんな暴力に対しても唯々諾々としてその命に服するというきわめて卑屈な態度しかでて来ない。けれども、臣、臣たらざるべからずという至上命題は一定の社会的文脈の下では無限の忠誠行動によって、君を真の君にしてゆく不断のプロセスとしても発現するはずである。ここには『君、君たらざれば去る』といういわば淡泊な――そのかぎりで無責任な――行動原則を断念するところから生まれる人格内部の緊張が、かえってまさに主君へ向かっての執拗で激しい働きかけの動因となるのである。いわゆる絶対服従ではなくて諫争がこうしてその必然的なコロラリーをなす」

また、シェイクスピアは「ジュリアス・シーザー」の中で、シーザーを殺したブルータスに次のように言わせている。

「この会衆の中に、もし一人にてもシーザーの親友をもって任ぜられる方がおられるならば、吾輩はその人にむかって言いたい。シーザーを愛するブルータスの心は、毫も貴君のそれに劣るものではなかったと。しからば、何ゆえに、ブルータスはシーザーに対して刃を加えたかと、そうもし彼が詰問されるならば、吾輩の答はすなわちこうであります。——シーザーを愛するわが心の薄かったがためではない。ただ、ローマを愛する心の、より篤かったがためにほかならない」（中野好夫訳）

崇め奉る対象として内蔵助を遠ざけるのではなく、等身大の身近にいる人間として、内蔵助を読者に引き寄せる。そこに人気の秘密があるのだろう。

「死んではなにも残りませぬよ。名前が残る。それのどこがよいのでござる。武家の鑑と褒められたところで、死んでしまえばそれを誇ることもできませぬ」

内蔵助のこの述懐に反発をおぼえる読者もいるだろう。しかし、心を静めて読めば、しみじみと共感の念がわいてくるのではないだろうか。

諫争については、「不切腹」で今川義元が「よく言ってくれた」という場面がある。

戦の負けを示すとして忌み嫌われた悪夢を義元が語ろうとした時、側近の一宮出羽守がそれを止めるのである。

「出羽、なにをする」

と怒る義元に、出羽守が、

「お館さま、軍中で悪き夢見は口になされてはいけませぬ」

と諫言する。

しかし、この諫言はそれを受けとめる側にむしろ度量が要求される。する方にも、もちろん勇気が必要だが、される側に受けとめる力がなければ、それは成り立たない。

そして、現代日本の政治家や経営者を見ても、残念ながら成り立たない場合の方が多いのである。

織田信長と明智光秀にそんな場面があったかどうかは知らない。

「天下人にはな、大の虫を生かすために小の虫を殺す覚悟が要るのだ。いや、覚悟ではない。息を吸うように、飯を喰うように、当たり前のこととして、人の命を奪えなければならぬ。乱世をまとめあげるには、仁では届かぬ。今、人を殺そうとしている者を説得するような悠長なまねをしていては、間に合わぬのよ」

こう語る信長に惹かれる時代小説作家は多い。小泉純一郎をはじめ、政治家にも信長びいきは少なくない。しかし、藤沢周平はそうした風潮に抗うように「信長ぎらい」というエッセイを書き、叡山の焼き討ちをはじめとする信長の殺戮をこう批判した。

「こうした殺戮を、戦国という時代のせいにすることは出来ないだろう。ナチス・ドイツによるユダヤ人大虐殺、カンボジアにおける自国民大虐殺。殺す者は、時代を問わずにいつでも殺すのである。しかも信長にしろ、ヒットラーにしろ、あるいはポル・ポトの政府にしろ、無力な者を殺す行為をささえる思想、あるいは使命感というものを持っていたと思われるところが厄介なところである。権力者にこういう出方をされては、庶民はたまったものではない」

上田の信長スケッチでのポイントは、自らの死体を見つからないようにしたことだろう。

それについて上田はこう注釈している。

「自分の死体を隠す、こうすることで信長は、間接的に明智光秀への恨みを晴らしたのではないだろうか」

西郷隆盛については、私も郷里の荘内藩との関係という視点から『西郷隆盛伝説』（光文社知恵の森文庫）を書いた。

それだけに「漸く腹」に描かれた西郷が、

「二度も死にぞこなった」

と悔いる場面にはなるほどなと思う。

「担がれるだけ担がれよう」

こう決意して城山に散ったのも西郷ならではである。

西郷が眠る南洲墓地を訪ねた時、入口に、

「ぬれぎぬを
干そうともせず
子供らが
なすがまにまに
果てし
君かな」

と達筆で書かれた「勝海舟歌碑」が建っていた。

西郷をかついだのは、少年たちと言うより「子供ら」だったと勝は喝破したのである。

わかっていて、西郷は彼らに殉じた。

「敵となり味方となること、一にこれ運命である」とも西郷は言っている。敵となり味方となるも運命なりという言い方に、西郷の人となりが表れている。

私は西郷の次のような逸話も好きだ。この解説とは言えない解説の最後にそれを紹介して結びとしよう。

維新の戦争を経て急に偉くなった明治政府の元勲たちは競って愛妾を蓄えた。西郷はそれを憤り、「美妾を蓄へ、貨殖を謀らば、戊辰の義戦も偏に私を営むの結果となり」、死んだ同志に申しわけがないと、巨体に似合わぬ涙を流した。

ところが、ある日、好色そうな来客を前に、東京の家で西郷が、

「おいも最近、二人の愛妾ばいれもんした」

と打ち明けた。それで、その男が、

「ならば早速、面悦の栄を給わりたい」

と言うと、西郷はすくっと立って大きな声で呼ばわった。やって来たのは二匹の雌犬。

その頭をなでながら、西郷は、

「おいの愛妾はすなわちこれじゃ」

と大笑いしたという。

初出

「親心腹」（「子想腹」改題）　「小説宝石」二〇一七年二月号
「応報腹」　「小説宝石」二〇一七年四月号
「持替腹」　「小説宝石」二〇一七年八月号
「夢想腹」　「小説宝石」二〇一七年六月号
「漸く腹」　「小説宝石」二〇一七年十二月号
「不切腹」　「小説宝石」二〇一七年十月号

二〇一八年五月　光文社刊

章扉イラスト　深津真也

光文社文庫

傑作歴史小説
本懐　武士の覚悟
著者　上田秀人

2021年4月20日　初版1刷発行

発行者　鈴木広和
印刷　萩原印刷
製本　ナショナル製本

発行所　株式会社　光文社
〒112-8011　東京都文京区音羽1-16-6
電話　(03)5395-8149　編集部
8116　書籍販売部
8125　業務部

ISBN978-4-334-79185-8　Printed in Japan

組版　萩原印刷